八重歯が見たい

チョン・セラン
すんみ 訳

AKISHOBO

This book is published under the support of
Literature Translation Institute of Korea (LTI Korea).

装丁・装画　鈴木千佳子

八重歯が見たい　目次

ジェファ

時空の龍と十五人の恋人たち

ジェファはヨンギを九回も殺した。いつも違うやり方で、しっかり息絶えさせた。

有史以来のすべての姉御《オンニ》たちの教えによれば、世の中には二種類の男がいる。生涯を一緒に過ごしたい男と、とうてい生涯を一緒に過ごす気にはなれないけれど、もし地球が滅びるのであれば最後の一日を過ごしたい男。ジェファにとってヨンギは、決まって後者だった。二人は長いあいだ友だちとして過ごしてきて、短いあいだ恋人としてつき合っていたけれど、いまは遠方から便りが聞こえてくるだけ。それでもジェファはときどきヨンギを思った。地球が滅びるまで会わないだろうけれど、小惑星が地球に向かって猛烈に飛んでくる時に連絡しようとするなら、所在くらいは把握しておかなくちゃ、と。

そんな理由で、ジェファが書く話には、ヨンギがしばしば登場した。彼を意識して書いたわけではないけれど、ヨンギのことを知る誰かが読んだら気づくほどには明らかだった。SFやファンタジーといったジャンル小説を書くジェファは、いろいろな種類の雑誌、ムック、ウェブジンに短編小説を断続的に発表しているが、そのすべてを見つけて読む人などいないはずだったから、これまで特に問題になることはなかった。自分でもどんなものを書いたっけとぼんやりと頭の片隅に放置しておいて、単行本にまとめる頃になってようやく、これをどうするんだ、とハタと気づいた。

わざとではないとしても、今になって数えてみると九回もヨンギを殺していた。憎んでいるわけでも、心残りがあるわけでもないのに、不思議と殺すのにちょうどいいキャラクターになっていた。ヨンギに似た登場人物が最後の息を吐き切った瞬間に、作品の完成度がぐっと上がる。最後の場面がどこかユーモラスでかっこよく仕上がった。もしヨンギがこの短編集を読んだらすっかり気を悪くしてしまうだろうと、ジェファは後ろめたい気持ちになった。普通読むよね？　元カノが本を出したりしたら、いくら普段本を読まないタイプでも、読むに決まってるよね？　あちこちに知り合いも出てくるわけだし……ジェファはヨンギに気づかれないように話を改変しようかとも悩んだが、大幅に手を入れるのは不可能だった。物語は一度完成されれば、方向性が決まってしまうから。だからといって今から連絡してあんたに嫌な感情があるわけじゃないんだよ、たまたまだからね、と説明するのも変だし……。

もやもやする気持ちをどうにか片づけながら、ジェファは編集者から送られてきたゲラのページをめくった。昼は会社で働き、夜はゲラを読むという多忙な日々だった。デビュー作「時空の龍と十五人の恋人たち」は、ヨンギと別れた直後に書いたもので、よけいに苦い思いがした。

時間と空間の龍がその年の貢《みつ》ぎ物として十五人の生娘を求めると、村中に衝撃が走った。時空の龍は、村ができる前からその場にいて、村が消えてもそこにいる自然地形のような存在で、これまで無理な要求をしてきたことは一度もなかった。村人たちが普段から龍に抱いている不満といえば、雷龍や氷龍と違って、特産品の開発にはそれほど向いていないという程度のものだった。それに、そんな不満を口にする時でさえ、時空の龍は他の龍より品があるという妙なプライドと混ぜこぜになっていた。氷龍のかき氷や雷龍の乾電池といった商標からは、どうしても安っぽい感じがしてしまう。とりわけ隣の村にある火龍の温浴施設《チムジルバン》なんかは、安っぽさの極みだった。どこでも見られる火龍は、性格が荒くてしょっちゅう訳もなく火を噴《ふ》いたが、たまにしか見

られない時空の龍は、口から息を吐き出して異次元のポータルを開くのだ。なんと素敵なことか。多国籍の観光会社がポータル開設の契約を結びたいと申し出た時も、時空の龍は優雅にその誘いを断ったものだった。

「気品のあるお方だと思っていたのに、龍もおいぼれちまったなあ。龍になりそこねた大蛇じゃあるまいし、龍にもなって貢ぎ物ってねえ」

村長はすっかりうろたえてしまった。

「いきなり生娘だなんて。それはともかく、龍のいう生娘の定義ってどんなものだろう」

他の村人たちも、どうすればいいかわからずにてんやわんやしていた。

「生娘がほしいというのなら、あたしが行って首をへしおってやる。時代錯誤なことを言いやがって！」

村で一番血気盛んなおばあさんが息巻いた。七十越えのドラゴンスレイヤーにでもなる勢いだった。

「三千年も生きていれば、時代錯誤な考えもするものでしょう。それより、この村に結婚していない女が十五人も残っているでしょうか……」

誰かが理にかなった指摘をすると、村人たちが指をもぞもぞ動かしながら数えはじめた。

「こっちに断る権利はありませんか?」

「ないね。もし断ろうものなら村ごと別の世界に飛ばすって。何か悪い物でも口にしてしまったんだろうか。更年期に入ったとか?」

村長は首を振りながら、テーブルの端に腰を下ろしている獣医師に意見を求めたが、獣医師はなんの見解も述べることができなかった。専門の領域から離れすぎていたのだ。


村から十五人の娘が選ばれた。いや、選ばれた、とは言い難い。いるだけ集めてようやく満たせる数だったから。龍がいるというだけでなんの特徴もない山奥だから、若者が居つくわけなどなかった。十五人はとことこ歩きながら、これから起こり得ることについて、あれやこれやと考えを巡らせてみた。

「食べられちゃうかな?」

「たしか去年の貢ぎ物は牛五頭だったよね」

「その牛が洞窟《どうくつ》の近くで草を食べてるところを見たことあるよ。形式的に受け取っておいて、食べはしなかったみたい」

「本当はベジタリアンだったりして？　じゃあ、私たちに……変な真似をするつもりで？」

「やだ、ぞっとする……」

娘たちはしばらく龍の生殖器について考えたが、必死になってその考えを忘れようと努めた。それほど絶望的な雰囲気ではなかった。すでに涙が乾くほど泣いたあとだったから。貴重品は家に置いてきたため、手元にあるものは簡素な荷物ばかりだった。もともと貧しくて失うものなどなかった。子どもの頃から夢というものを持ったこともなかったが、それでも生きた貢ぎ物になるとは思ってもみなかった。

いざ洞窟に入ると、時空の龍が頭数を数えだすかと思いきや、特に興味を示されなかった。めっぽう大きくて感情の読み取れない爬虫類《はちゅうるい》の目は、娘たちの背筋を凍らせた。それから三日が経った。洞窟はあまり快適な居住空間ではなく、腰痛が再発した娘が一人、ううっと龍にも聞こえるくらい大きなうなり声を上げた。

「お弁当も食べ切ったし……山菜でも採りにいかせてもらえないかな」

「こんなことなら、布団でも持ってくればよかった」

「龍は何かを待ってるわけ？」

「邪悪な龍よ、娘たちを返せ！」

村の青年たちが、娘たちを助けるために洞窟にやって来たのは、夜明け前の三時くらいだった。娘たちはまだ目が覚めていないような顔で、救助隊の入場を見守った。

時空の龍は、突然の侵入に憤《いきどお》ったらしく、洞窟の天井すれすれまでその長くて青い首をもたげた。太さが人間の腰ほどある血管がうねりを上げている。体液が上へ上へと急上昇し、蒸気機関車のような音がした。一番前に立っている青年がごくりと生唾《なまつば》を飲み込んだ。救助隊と言ってもちゃんと刀のようなものを持ってきた人間などおらず、農具ばかりの武器の中でも脅威に見えるようなものは、薪《まき》わりの斧くらいだった。

「もう一度言ってみよ、人間ども」

龍が冷え切った声で要求した。

「あのう……ぼ、僕たちは、龍さまの非人道的な行為に抗議しようとここにやって来ました」

第一声を上げた人よりもう少し学のある人が、再度意思を伝えた。

「興味深い。そなたたちの長《おさ》からはそのような申し出はなかったがな。その意見はどこから出てきたのだ」

「僕たちはあの娘たちの婚約者です。村の総意ではありませんが、僕たちには、婚約者を返してほしいと求める権利がありますが」

「みんな、婚約しているだと？　十五人みんなかか？」

するとと青年たちがおどおどしはじめた。嘘だった。正式に婚約しているのは六人だけで、四人はつき合いはじめた恋人どうしだった。残りの二人は片思い中で、残りの三人はいざ娘たちが龍につかまって死ぬかもしれないと思うと、いきなり自分の気持ちに気づいたという。そのやりとりを聞いていた娘たちの間から、小さな歓声と深いため息が漏《も》れ出た。龍はしばらく考え込んだ。

「じゃあ、娘たちを食べる代わりに」

龍は緑色の突起が際立っている舌で唇をなめ回すと、提案した。やっぱり食べるつもりだったんだ、と娘たちがざわついた。

「生きたまま返せと言うなら、その対価を支払う用意がそなたたちにあるのか」

龍からの提案は不思議なものだった。恋人たちが手を握り合って龍の前に立ったら、龍が二人に向かって息を吐きかけるとの。それに触れればもう別世界、この地でないどこかで目覚めることになる、なんの保証もないが、それでも行く気があるかと聞くのだった。

「もちろんです！」

最初の青年が熱を帯びた顔で婚約者に手を差し伸べると、娘も感極まった顔で彼に駆け寄った。

「あなたと一緒なら、この星じゃなくたっていいもの！」

あの二人はいつも大げさだよね、と何人かが小さく悪口を言った。龍は何食わぬ顔で、ひんやりとした息を吹きかけてポータルを開き、恋人たちを異次元へと飛ばしてしまった。どれほど凶暴な世界か計り知れないどこかへと。

「他の志願者は？」

「……あのう、あと一日考えてみて、別れの挨拶《あいさつ》をしてから来てもいいでしょうか」

「それは許さぬ」

「えっと、それじゃあ、僕たちもいま行きます」

もじもじしながらも、次々と別の志願者が手をあげた。いつもはあまり仲がよくなかったカップルたちも、手をぎゅっとつかんで、龍の息と鼻息に包まれて消えていった。二人の娘たちは、青年たちの求愛を断って二人で旅立ちたいと願い出て、龍は差別することなくその願いを受け入れた。十四個のポータルが開き、洞窟がぐらぐら揺れるような気がした。

最後のカップルが残った。

娘が切実な目で恋人を見つめた。

青年は初めから終わりまで突っ立っているばかりで、前に出て龍に訴えることもなければ、娘に向かって手を振ったり大丈夫かと声をかけたりもしなかった。緊張で強張った表情をしてただただじっと立っていたのだ。

「そなたは？」

「僕は……」

助けてほしいと、あの真っ暗なポータルの向こうへ、どこか知らない世界へ、私と一緒に行ってほしいと、娘は懇願《こんがん》したかったけれど、唇をぎゅっと結んでがまんした。他に見る人もいないから、プライドを守りたいわけではなかった。ただ性格上できないだけ。

「……。ごめん、行けそうにないや。ここにあるものを全部手放すわけには」

青年は娘に向けてか、龍に向けてかわからない感じに頭を下げ、そのまま振り返って出口の方へと走り出した。娘はがっかりして座り込んでしまった。ここに、この世界に何があるというわけ？　ちっぽけな村とヤギ何匹と牛何頭と、あと何があるというわけ？

まもなくして龍も振り返って洞窟の奥底へと向かおうとした。すぐに食べるつもりではないようだった。

一人残された娘は、まだ洞窟から逃げ出せないでいる恋人の名前を呼んだ。ありったけの苦い気持ちを込めて。

その声に、青年ではなく龍が反応した。

「あの男の名をもう一度言うてみよ」

「ヨンギです」

「ちぇっ、勇気《ヨンギ》ではなくきっと容器《ヨンギ》の方だな」

「はい？」

「カーリッジ（courage）じゃなくてコンテナー（container）だろうと言ったのだ。ああ、自分の名前の値打ちを知らない奴を許すわけにはいかない」

龍がしっぽを大きく振り回すと、洞窟の出口に差し掛かった青年がしっぽに押しつぶされて死んだ。プッツ、という音がした。

最後に残された娘は、しばらく唖然《あぜん》としていたが、すぐに隅に戻ってひざを抱えて座り込んだ。

「それで、そなたはどこへ行きたい？」

爬虫類の龍としては、慰めの気持ちを最大限に込めて、娘にたずねた。

「さっきの人たちはどこに行ったんですか」

「ああ、あの者たちが行ったところも悪くはない。友人から引っ越した先に定着する民がほしいと言われていたから、その大陸へ送ったのだ。いまは荒れ地だが、開拓地の魅力というものもあるから。土地もここより広いし、住み心地もいいだろう」

「それなら初めから開拓地に行きたい人を募集すればよかったのに、なんで生娘を要求したんですか？」

「荒涼とした土地では、愛し合える人がいなければ耐えがたい。それなりの基準が必要だった」

「三日も待ったのはそのためだったんですね……」

「そうだ。われはロマンティストだからな。だから待っていた。そなたたちを助ける恋人が来るまで」

「おいぼれた龍のくせに。変態みたい」

「そなたもこのしっぽで押しつぶされたいか！　そなたも長生きするがいい。何もないのだ。最後に残るのは愛の物語だけ。他の物語はだんだんおぼろげになって、散り去るだけだ。ロマンスだけが唯一無二のものになる。陳腐だから真実ではないとは言い切れぬものだ。愚かな人間よ」

「同意できません。私は別のところに行かせてください」

「どこへ？」

娘はしばらく考え込んだ。

「龍もいなくて、ロマンスもなくて、私を助けにくる人が誰もいない場所に」

「傷ついた気持ちはわからないでもない。だが、それが真の望みなのか？」

龍が顔をしかめた。娘は哺乳《ほにゅう》類が見せられる最もきっぱりした目つきで、龍を見つめ返した。

「変わった趣味だな。それがそなたの望みなら、そうしよう」

時空の龍が、とてつもなく熱い息を吹きかけ、最後の娘を包み込んだ。


ジェファはゲラから手を離してため息をついた。なんて話を書いちゃったの？　ひどくつまらない言葉遊びだなあ。ひどすぎてどこから手を入れればいいかわかんない。こんなプライベートな話を発表してしまったなんて。

重金属で汚染されてしまったシダ植物になったような気分だった。

目を開けると、暗くて湿った場所で生きている。ここじゃなかったかもしれないのに。別の次元へのポータルを開くこともできただろうに。新しくて豊饒な世界への。私たちの間で、世界が一つ閉ざされてしまったのだろう。年老いた龍みたいに、とジェファはつぶやいた。

龍が出てくる話など二度と書くもんか。ジェファはそう腹をくくった。物語のありきたりな変奏はやめなければならないと。

いつかとある出版社が開いた飲み会で、文壇側にいる小説家に会った時のことだった。

「ジェファさん、なんでジャンル小説なんか書いてるの？　早く純文学でデビューし直しなよ。簡単だろ？　適切なテーマで、尖《とが》ってない話にすればいいんだから」

あの時、ジェファは傷つきもしなければ、怒りも込み上げなかった。ただ一つの気づきがあっただけ。それはこれからも不適切なテーマで、尖った話を書くだろうという予感のようなものだった。龍のようなものではなく、もっと不適切な話を書こう。誰もが口をそろえて不適切と言いそうな話を。

ゲラに顔をうずめると鉛筆の芯と水性のペンと編集者のタバコの匂いがして、ジェファはゲラをすぐにどかしてしまった。

数年後に、未来の自分が今の自分をほめてくれればと思う。それでいいかどうか確信がなくてもやめなかった自分を。よしよしとなぐさめてほしかった。

ヨンギ

バニラとピスタチオ

京畿道《キョンギド》の郊外。道路に車一台見えない深夜。ヨンギはごはんを食べている。時間も時間なので、二十四時間営業のクッパ屋にもう何日も通いつめている。熱々のスープがするすると喉《のど》を通った。さて、と本格的に食らいつこうとしたその時、出動指令が出た。行ってくる間に冷めてしまうだろうごはんを見下ろしながら、一秒の何分の一か迷っていた。じっくり悩んでいられる職業ではない。

深夜のATMコーナーからの呼び出しなら高が知れている。機械にカードをむりやり差し込んだ酔っぱらいが、つまってしまったカードを取り出してほしいと呼び出しボタンを連打したり、インターフォンを壊したりしているのだろう。ヨンギは空腹とイラ立ちを感じながら急いでハンドルを握ったが、気持ちはちっともあせらなかった。

「なんでこんなに時間がかかるんだよ。機械にカードがつまってるつーのに！」

やっぱり酔っぱらいだ。しかも、いきなりため口かよ。どうすれば夜叉《やしゃ》のような顔で年老いていくのを避けられるだろう。ヨンギは気が遠くなるのをぐっとこらえながら、機械のほうに体を傾けた。

「何やってんだよ。もたもたしないで早くやれよ」

一度も緊急事態に遭遇したことがない緊急対応警備員だなんて。ヨンギは自分を蔑《さげす》み、しきりに急かしてくる酔っぱらいを蔑んだ。

「バカにしてんのか。おい、お前もオレをバカにすんのか？」

ベロベロに酔っぱらった人のほうが、いざとなったら的確な状況判断をすることがある。ヨンギが見くびる態度を改めて、もっとやさしい表情で客を振り返ろうとした時だった。いきなり拳が飛んできた。ゴツゴツして汚い酔っぱらいの拳が。

どうにか避けたつもりだったのに、口に当たってしまった。口の中に残っていたクッパの味に血の味が混ざった。本能的にヨンギの拳も反応したかと言えば、それは違う。無意識に防御することもできないくらい、何もかもに距離を感じた。あまりにも近すぎて、せこくて、それでかえって程遠く感じてしまったのだ。

「……お客様、いま警察に連絡しました。もうやめてください」

すると酔っぱらいは大げさに笑い出し、自分の顔をボコボコに殴った。

「おまえが先に殴ったんだろうが、なあ？　オレが先に殴った証拠でもあんのか？」

今度はヨンギが笑い出した。

「ここには監視カメラが六台あるんです。証拠なら、あります。ありすぎるほどです」

警察が到着すると、酔っぱらいは不思議なくらいおとなしくなった。ヨンギは警察と似た業界にいる人間として軽く会釈した。どうせ苦労するなら警察官になればよかった。民間の警備員であるヨンギは、自分の人生がひどくぼんやりとしていて中途半端なものに思えた。


中途半端でないのはずっと年下の彼女だけ。顔も性格も話し方もしっかりしていてハキハキしている。二人の年齢差について周りからあれやこれやと言われるけれど、実はそれほど年の差を感じずにいた。人生のある峠を越してしまえば、それほど大掛かりなレベルアップは訪れないものなのだ。

「ねえ、これ何？」

甘い眠気に襲われていた時、彼女が脇の下から声をかけてきた。ヨンギはかろうじて重いまぶたを開けて返事した。

「これって？」

「わき腹にあるこれだよ。タトゥーを入れたの？」

ヨンギは顔をしかめないように気をつけながら、彼女が指さしているところを確認した。

確かに何かがあった。

「何だろう、これ」

「文字みたいだよね」

「文字？　ふーん、週末に友だちたちと飲んだ時に新聞紙の上で寝て、文字が写っちまったのかも」

「やだー、ちゃんと洗ってよ。もう何日も経ってるのに、まだ残ってるなんて」

「こっちからはよく見えないけど、そんなにひどい？」

「ひどいというか、一行まるまる写ってるよ。読んであげようか？」

「別にいいよ」

「変わってる内容なの。〈しっぽに押しつぶされて死んだ。プツッ〉って」

「確かに変わってるな。新聞にそんな内容も載るんだ」

彼女は妙に気分を害したらしく、長い爪で文字のところをこすりはじめた。痛いって、やめろよ。ヨンギは彼女の手を握り、強く抱きしめた。眠れそうにない。本当に、新しい恋愛がはじまってからは「強弱中強弱」どころか「強強強強強」の日々が続いている。嫌かと聞かれれば嫌ではないけれど、無理ではある。完全に無理している。

「タトゥーは入れないでね。入れるなら、せめてあたしの名前にしてよ」

「入れないって」

わけもなくへそを曲げている彼女がヨンギの体をあちこち噛みはじめ、ヨンギは大げさに痛いふりをした。

「君さ、最近家《うち》に来すぎじゃない？」

うれしいくせに、ヨンギはぶっきらぼうに尋ねた。

「持ってるクーポンを使わなかったらもったいないでしょ？」

「なんのクーポンがあるんだよ、いったい」

わき腹にある文字などすっかり忘れてしまった。眠るのをあきらめて、恋人を満足させることを選んだ。

「ねえ、二〇三一年の秋夕《チュソク》は一週間の連休になるんだって」

彼女は疲れもしないのか、またもや突拍子のないことを言ってきた。

「……うん？　何年って？」

「二〇三一年」

「先のことすぎるだろ」

「あたしたち、その時も一緒にいようね。一緒に旅行しよう」

「それまで生きていられたらラッキーじゃねえ?」

「え、それって嫌ってこと?」

「違うって。何があっても一緒にいよう。どこに行きたい?」

「それはあたしが調べとくね」

突然の直球にヨンギは吹き出してしまった。彼女は絶対に変化球を投げない。堂々と、妥当に、愛を求めてきた。初めは気が重くなることもあったけれど、そのうちわかりやすくまっすぐな愛こそ真の愛なのでは? という気がしてきた。わかりやすく、歯車のようにうまくかみ合って回るべきじゃないかと。恋愛に限ったことではなく万事に言えることだろう。覇気のない若者だからかもしれないが、逆境を乗り越えて成功するというようなことは、あまりしたくない。手に入るものは簡単に手に入る。結ばれる恋は簡単に結ばれる。ちょっと苦しくなりそうだ、と思っても、その苦しみさえあっさりと過ぎ去ってゆく。

彼女の体からはバニラの匂いがした。バニラ。発音しやすくて、癖がなく誰もが好きで、シンプルな味。

「香水使ってるっけ?」

「ううん」

おそらく路面店で売っている、化学防腐剤がたっぷり含まれた安いボディーバターの匂いだろう。そんなことにすぐ気づいてしまうほどのおじさんになった自分に少しばかり嫌気がさしたが、どんな高級香水を使ったとしても、彼女のバニラバターの匂いよりは気に入らないのだろう。

ヨンギはふと気難しかった、まさに逆境と言えるほど気難しかった元カノのことを思い出して身震いした。抱き合っている時さえ、抱いている気がしない相手だった。触れあっている時も、触れている気がしない。ピスタチオだかピスタキオだかわからない、そんな緑色の味がする女の子だった。今も相変わらず、相手を混乱させる困った人間なのだろうか。どこかのネジがはずれてしまったかのように、ちっとも素直に、まっすぐに話したことがなく、表情だっていつも渋そうな緑色だった。ヨンギは微妙な感情を読み取ることに長けているタイプではなかったが、誰だって自分と同じだっただろう。まるで迷路そのものだった。ブービートラップが敷きつめられている迷路のようだった。

二度とあんなマネはできない。あんなものを恋愛だと思っていたなんて。気まずい距離感を無くそうと歯を食いしばって努力していた当時の自分を思い浮かべると、今の幸福感はまるで祝福のように思えた。

寝ている彼女をぎゅっと抱きしめた。ずっとこのまま流れていってほしい。わかりやすく、曲がりくねらず、まっすぐに。

「絶対、緑色のアイスクリームなんかにはならないで」

ヨンギがささやくと、彼女は夢うつつにうなずいた。複雑な気持ちになったヨンギは、結局交代の時間まで一睡もできなかった。

ほら、無理してるってば。

オオカミの森に腕を忘れてきた

ジェファ

ソニから六件もの不在着信が入る間、ジェファは歯医者でスケーリング治療を受けていた。休みを取った平日の朝で、病院の中はがらんとしていた。ジェファのカバンが入っているロッカーがぶるぶると震えた。

「この後何かご用事でも？　さっきから電話が鳴ってます。もうすぐ終わりますからね」

少年のような顔をした、とうてい年齢がつかめない歯科衛生士が笑顔で言った。最初はいつものお医者さんでなくてソワソワしたが、繊細でジェントルな手さばきのおかげで、すぐに落ち着くことができた。たいていの歯医者さんは歯に神経を集中するあまり、ひじで胸をきつく押しつけたり、唇やあごに傷をつけたりするのに、この新人さんはとても繊細だった。

「すごくきれいな八重歯ですね。管理が難しかったでしょうに、ここまで歯並びがきれいで、八重歯がアクセントみたいに生えているのは、あまり見たことありません」

歯科衛生士が職業人らしい歓声を上げた。ジェファはなんらかの返事をしたかったが、ただ口角を少しばかりつり上げた。

八重歯。

みんなどうしてこれほどにも八重歯に興味があって、興味を通り越した好感を示すのだろう。ジェファはいつも理解に苦しんだ。八重歯が生えたばかりの八歳の時に、ちょっとの間だけ不思議に思ったことがある。メガネを初めてかけた子どもみたいに、ほんの短い間だけ。八重歯の管理は、めんどう極まりないことだった。歯ブラシが隅々まで届かず、他の歯と微妙に色が違うところが気になる。ナムルのような野菜を食べるたびに歯に挟まるのも煩《わずら》わしくて、特にのり巻きに入っているほうれん草なんかは一〇〇パーセントの確率だった。子どもの頃のあだ名は、ドラキュラ、オオカミ人間のように、ほとんどが八重歯つながりのものばかりでうんざりした。お祖母さんから舌で八重歯を押し込めば他の歯と並ぶようになるだろうと言われてからは、いつも舌を八重歯に当てていたせいで、寝る時間には舌の根っこが抜けそうなくらい痛くなった。少しは効果があったような気がしなくもないけれど……。三回、四回くらい、抜いてしまおうかと思ったこともある。

ヨンギや他の元カレたちも、ジェファの八重歯に夢中だった。キスをする時も、なぜかほとんど八重歯に触れてばかりいたし。どこがそんなに好きだったのだろう。左側だけ牙に重なるようにしてもう一本の歯が尖っている、非対称の極みなのに。

過去のことを思い出しても、もはや悲しくない。別れてからかなりの時間が経っていた。一時《いっとき》の親しみをあきらめてからうんと長い時間が。親しみとは、気持ちが安らぐうえに、微かにおいしそうな匂いがするキャンドルのようなもの。長い間キャンドルを焚《た》いて家じゅうに匂いが染みついたかと思いきや、邪悪な風がすべてをさらっていってしまう。いとも簡単に、消えてしまう。

断念すること。思いを断ち切るということ……。ジェファは習慣のように辞書をめくってみた。見えない思いを、記憶を断ち切ることは、自分のためにも、他の人のためにも、偉大なことではないだろうかと思いながら。

ジェファの心の中は穏やかだったし、歯医者での朝は平和そのものだった。歯茎からちょっとした流血があっただけの。

「ソニさん、電話した？」

「なんでこんなに電話に出ないのよ」

「今日スケーリングを受けにいくって言ったじゃない」

ソニはジェファより二歳上で、元の職場の同僚だった。ジェファは規模の大きな流通会社の広報でウェブ企画を担当しているが、以前はソニと一緒にゲーム会社で働いていた。激務で大変だったもののの適性にはぴったり合っていた。しかし、流行の中心がモバイルに移ったことでサービスを中止することになり、大量のリストラが行われた。ソニがいたデザインチームは、一日に七人も職を失うことになった。別のチームだったジェファはそれから一年ほど耐えたが、ついに嫌気がさして別の業界に転職した。

クビになったソニは、しばらくつらい時間を過ごしていたらしい。働きづめの毎日をがまんしていたかのように体が痛みはじめ、再就職をあきらめて休まざるを得なくなった。

「大丈夫だよ。休みながら新作のツールを覚えればいいわけだし」

余裕を見せたかったらしいが、その言葉からはかえってあせりが感じられた。ソニの家に遊びにいくと、あちこちに痕跡として残された三頭身のキャラクターが目に入った。ソニがデザインし、服を着せ、アクセサリーで飾ったキャラクターたちだった。いまや閉じてしまった世界に、永遠に残されるだろう二人の創作物を目にすると、ふと涙がこぼれそうになった。ジェファの視線の先にあるものを確認したソニが肩を組んできた。

「三頭身の人生なのに、八頭身のふりをしようとして大変だよね。そう思わない？」

ソニは他の会社に入った。新しい会社は元の職場と違うやり方で、同じようにひどいところだった。ソニは同僚と労働組合を作った。瞬く間に席を奪われるような経験を二度とするまいと。会社からの圧力は並大抵ではなかったけれど、内外部からの助けで労働組合は耐え抜いた。同じ悔しさを噛みしめた同僚の一人と恋人になったのは、予想外の展開だった。総務部と人事部を行き来しながら働いていたソニの彼氏は、物静かで、芯のあるタイプだった。

「システムがシステム維持のためにしか回っていないことを知ってからは、耐えられなかったですね。放っておけばますますひどくなるのは自明なことでしたし」

平凡なヒーロー物好きの彼は、さっそくソニに特別な告白をした。

「一人は、全員は無理だけど一人だけは、幸せにしてあげられる能力があるのに、その能力を使えないのは、スーパーパワーがあるのに使えないのと同じ気分なんですよ。僕のスーパーパワーを、ソニさんのために使わせてください」

なかなかかっこいいプロポーズだった。後から伝え聞いたジェファでさえ、少しときめいてしまうくらいだったから。あごの下までさざ波が立ち、ついにがまんできなくなって溢《あふ》れ出してしまうような告白。あまりにも遠くにあるもののように思っていたけれど、まだこの世に存在しているようだ。

ジェファとソニは以前から一緒に行こうと約束していたピザの店に向かった。塩気のあるピザとクラフトビールの相性が抜群で会って早々感激してばかりいたが、ある程度腹ごしらえをしてから、ソニがテーブル越しに結婚式の招待状を差し出した。ジェファはソニと彼氏が、ソニらしいタッチで描かれているのを見て笑みがこぼれた。ソニの闊達《かったつ》そうで主張の強い南半球系の顔と、彼氏のぼんやりとして落ち着いている北半球系の顔がキャラクター化されていたのだ。

「結婚式にヨンギも来るけど、大丈夫?」

ソニが尋ねた。

「ソニさんの結婚式なんだし、関係ないよ。全然問題ない」

「それでも別れてから会うのは初めてでしょ? 本当はあんただけ呼びたいけど、すべてが思いどおりになるわけじゃないってこと、わかってくれるよね」

「大丈夫だってば。あっちも呼ばなきゃ。だってあっちのほうが私よりつき合いも長いわけだし」

「私の罪が大きい。わざわざお節介焼いて二人を会わせるなんて。愛のキューピッドのつもりだったけど、結果は地獄の仲介者だった。ルシフェルの仲介者というか。いづか死んだら硫黄の炎で焼かれるはずだよ」

「ルシフェルの手下なら、焼かれなくない？」

「え？　そう？」

ジェファはソニが「いつか」を「いづか」と発音するたびに笑ってしまう。忠清道《チュンチョンド》の方言らしいが、京畿道で生まれ育ったソニが方言を使うのはおそらく家族の影響だろう。

ソニはジェファとヨンギがつき合ったのが自分のせいだと言っているが、二人が出会ったのは、ソニの紹介というより単なる偶然の結果でしかなかった。多忙を極めていた頃に、ソニがダブルブッキングをしてしまったのだ。寝不足でそういうミスを犯すのはよくあることだし、大丈夫だと言ったのに、申し訳なさそうな声で家の近くまで来てくれればご馳走するというソニの誘いに、ほいほい乗ってしまった。バスを二回乗り換えてたどり着いた場所にヨンギがいた。ソニとソニの同僚であるジェファとソニの幼なじみのヨンギが、そうやってたまたま集合することになった。三人は渓谷を眺められる食堂で根菜の釜めしとウナギを食べた。店主からサービスしてもらった朝鮮人参酒を飲んでほてった体を冷ますために渓谷の水に足をつけた。そのうち自然な流れで電話番号を交換して、ソニ抜きで会うことにしたのは言うまでもなく二人の選択だった。

「ソニさんは何も悪くないよ。それだけはハッキリ言っておく。結婚式で暴れたりしないから、心配しなくていいよ」

「誰でもいいから連れてきてよ。最近はアルバイトで雇うこともできるんじゃない？　あんた一人だけだと、負けた気がするから」

「勝ち負けの問題じゃなくない？　今の彼女、若いんだっけ？」

「青々と若々しいのよ。お団子みたい」

「お団子？　おもちみたいって？」

「そう。白くて丸くてふっくらしてるの」

「かわいいんだろうね」

「あんたは、あんたは……闘争心がなさすぎるところが問題なの！」

「勝ちたくもないし、勝てる気もしないし。若くて、賢くて。このごろの新入社員には、ゴム飛びなんかしたことないって子もいるって知ってる？　何して遊んだのって聞いたら、キックボードに乗ってたって。キックボードで遊んだ世代がのし上がってきてるの」

酒豪に見えるソニだが、実はビール数杯で酔いつぶれてしまう。そんなこと織り込み済みだというように、彼氏がソニを迎えにきた。すぐに駆けつけてきたので、近くで待っていたのかもしれない。ジェファは二人が帰るまで手を振って見送ると、終電にぎりぎり乗り込むことができた。

家に着いた頃にはすっかり酔いがさめていた。眠れそうになく、ジェファは二つ目の短編「オオカミの森に腕を忘れてきた」を読み直しはじめた。ヨンギと別れたあとしばらく経ってから書いた短編で、それほど感情が高ぶっていなかった。

靴ひもが切れていなかったら、あの子が腕を失うこともなかっただろう。足を踏み入れてはいけない森に潜り込んだ子どもは、やがて病気にかかったオオカミに追われる身となった。靴ひもを新しくしておくべきだったのに、海岸の工業団地の湿気と塩気で半ば朽ちてしまったひもが、決定的な瞬間にぷつっと切れてしまった。子どもはそのまま転んでしまい、一匹のオオカミが子どもの肩のつけ根を嚙みちぎった。子どもは自分の血、その色と血なまぐささにうんざりした。

ある時期まで、人間は森を征服したと思い込んでいた。オオカミたちが銃を持った人間に襲いかからなくなって久しかったため、人間たちは森の奥までぐいぐいと入り込み、内陸に新しい都市を作ろうとした。その時、オオカミたちが肥大症にかかった。四倍も巨大化し、八倍も果敢になった。人間は毎日獲物になり、装塡に時間のかかる銃は無用となった。伝染病なのか進化なのかは意見がわかれたが、とりあえず肥大症ということにしておいてまだ作りかけだった都市を手放し、海岸へ逃げなければならなかった。森は再びもっぱらオオカミのものになり、人間は海岸の都市に密集して暮らすようになった。

子どもは命がけで森に忍び込んだのだ。時に人間は集まれば集まるほど、病にかかったオオカミよりもおぞましい存在となった。子どもは人間たちの服を作る紡織工場の、機械と機械のあいだの窮屈さに耐えられなかった。機械に二十四本の糸をひっかける方法はあまりにも複雑で、かけ方を一つ間違えただけでボコボコにされ、そのうえごはんを食べさせてもらえなかった。事故は頻繁に起こったし、オオカミにかまれようと機械の下敷きになろうと同じことだった。

オオカミがもう一度子どもに噛みつく前に、誰かがヤツを投げ飛ばした。はじめ、子どもはもっと大きなオオカミが現れたのだろうと思った。頭がオオカミの形状をしていたから。彼が子どもを肩に乗せ、二本の脚で走りはじめてようやく、子どもはオオカミの群れから救出されたのだと理解した。

こんなことが可能なのは、あのオオカミ族しかいない。

オオカミ族だなんて。子どもはその名前をいつも不思議に思っていた。オオカミ族はオオカミと仲が悪いので、一括りにしてはいけない気がしたのだ。オオカミ族は森に残って暮らす人たちだった。人間が移住しはじめる前から森に住んでいて、みんなが離れたあとも森に残った。とりわけ身体能力が優れており、銃がなくてもオオカミとやり合えた。そのためにオオカミ族が森から離れるのを拒んだ時も、他の人たちはそれ以上説得しようとしなかった。初めて狩ったオオカミの皮を被るのが彼らの成人儀式だった。オオカミが肥大化してからは、頭や背中に被る皮がまるでマントのようになった。都市に住む人間は、彼らを野蛮人だと蔑み、オオカミと同じくらい嫌がったが、子どもはいつも憧れていた。子どもが一人で森に入ったのは、彼の賢さとは関係なく、憧れが恐怖を乗り越えた結果だった。

「腕がすっかり……君はなんでここまで来たんだ」

オオカミ族の一人が尋ねた。子どもは黙ったまま答えなかったが、激しい痛みのせいで気を失ってしまったのだ。オオカミ族が被っている皮には頭がついたままで、オオカミの歯が眉毛にかかっていた。先を尖らせた歯がキラッと輝いた。

オオカミ族の呪術師たちが半月ものあいだつきっきりで子どもの治療に専念したが、

ギザギザに噛みちぎられてしまった腕を治す術《すべ》はなかった。結局、切断手術を受けることになった。幸い、オオカミ族の麻酔剤がよく効いて、子どもは手術を受けながら夥《おびただ》しい色彩があふれかえっている夢を見た。

子どもを救った人は、都市の言語にも長けていた。昔、海岸にある学校に通ったことがあったという。日陰のぬれた小石のように照り輝くオオカミ族の肌が、都市ではどのように見えていたか気になった。彼は子どもをもっと早く救い出せなかったことを悔いているようだった。それに、体から取り外された片腕を、オオカミ族の骨の樹にぶら下げたそうにしていた。もちろんその思いは、他の人に反対されてかなわなかった。

骨の樹は都市の人たちがなんとなく恐れつつ不気味に思うほどおぞましいものではなかった。遠くから見ればかえって美しく目に映った。原始時代から生きている巨大な樹に、白くて素敵な骨がぶら下がっている。その周りを鳥の群れが飛びまわっており、風葬なのか鳥葬なのか曖昧だったものの拒否反応を起こさず平然とした表情を浮かべられたことが、子どもは我ながら少しばかり誇らしかった。

救助者は子どもを森の別のところに連れていき、他より少し背の低い樹に腕をかけてくれた。枝に腕をくくりつけてお別れを告げた。

「あとで君が仲間の一人として受け入れられれば、骨の樹に移すことができるだろう。あまり悲しまなくていい」

子どもはいつかそんな日が来たらいいなと考えた。彼と一緒に森の中にいられるのがうれしかった。誰も二人に襲いかかることはできなかった。ゆっくり足を進めながら、ついに居場所を見つけたと思った。

片腕で野いちごときのこを採って回った。野いちごの茂みには蛇《へび》が多く、きのこを採るほうがずっと楽しかった。あれほどの日陰で育ったものから、これほど素晴らしい味がするのが不思議でならなかった。救助者はいつも近くにいて、帰り道ではいつも大きな松明《たいまつ》が森の湿りを追い払いながら二人を出迎えてくれた。夢ではときどき肩の切断面から蛍光色のきのこが生えることがあった。

幸せな時間が幕を閉じたのは、子どもが嘘をついたせいだった。オオカミ族から親について聞かれた子どもは自分は孤児だと答えたが、それは嘘だった。子どもの親は子どもが行方不明になったのち、工場から補償金を得ようとして被害届を出した。それで森の周辺を見回っていた捜索隊が、たまたま子どもの腕を見つけたのだ。

怒りの世論が巻き起こった。子どもの腕をぶら下げているひもの結び目を見て、人々はオオカミ族が子どもを拉致したのだと判断した。オオカミ族は根っからの野蛮人で、何もかもを破壊してしまったとして都市の人たちを恨んでいると……。誰ひとり聞く耳など持っていなかった。海辺の製鉄所からはすぐに蒸気が吐き出され、武器がつくられはじめた。人々は一斉に声を上げた。オオカミもオオカミ族もうんざりだと。森をつぶしてしまおうと。人間は集まれば集まるほどオオカミよりもおぞましい存在となった。

森の奥の奥で、救助者と子どもは最初の砲撃音を聞いた。森の言葉と都市の言葉を両方知る救助者だけがすべての誤解をとけるはずだった。初めて子どもに出会った日のように、子どもを肩に乗せて走りはじめた。子どもは枝に目を突かれないように、残っている片腕で顔を覆った。嘘も顔のように覆いかぶせたらよかったのに。

オオカミ族の村は火の海に覆われた。一つの大きな松明のように見えた。オオカミも、人間も死に、オオカミ族も死んでしまった。いつかオオカミに殺されることを望んでいた男は、人間の手によって殺された。

子どもだけが生き残った。それから生き残ったすべての人々に見捨てられた。森を離れたが、海岸の都市には戻りたくなかった。

すべての樹が骨の樹になってしまった。

この話は手を入れないでおこうとジェファは考えた。オオカミ族が死ぬ場面を書いていた時、ジェファの中でも古くて強烈な何かが一緒に死んでしまったような気がした。物語の完成度とは別に、ジェファにはかけがえのない経験だった。美しいオオカミ族の男が死んだままにしておこう。完結した話は完結したままに、そっとしておこう。

ジェファは水の入ったペットボトルをいくつか凍らせておいた。数日後に何時間か停電するとの知らせがあったのだ。水を凍らせて用意しておかないと食材が傷んでしまうだろう。ろうそくの場所も確かめておいた。ソニが買ってくれた、色のグラデーションがきれいなろうそくだった。オレンジとかぼちゃの香りがした。かぼちゃだなんて、なんてめずらしいものを。

停電の備えといったどうってことのない行為が、人を一人でもちゃんと暮らせる大人に成長させてくれる。きっぱりしたオオカミ族の呪術師のように、ジェファは試しにろうそくを灯してみた。

ヨンギ

八重歯だけがリアルだった

フランチャイズ刺身専門店のオーナーから、仰々しい大きさの容器に入ったヒラメの刺身を渡された。

「こういうものは結構です……」

「持って帰ってください。バカ猫のせいで何回も来てもらってるわけだし。こちらの管理が甘かったせいで苦労させて申し訳なくて。しかし、イケメンですね。めちゃめちゃかっこいい」

近所の有名刺身店の大型店舗から内部警報機が一か月に何回も鳴り響いた。夜中に駆けつけてみるも、何事もなく、何事もなく、また何事もなく……。感知器の誤作動だろうとすべて取り替えたが、感知器の問題ではなかった。原因は野良猫が暖を取ろうとして店内に潜り込んだせいだった。ヨンギはため息をつき、会社から猫の捕獲機を取ってきた。猫にケガをさせるようなものではなく、中に設置した餌を猫が食べると入り口が塞がる鉄製の筒のようなもので、ボロボロで粗末なものだった。予想どおり、猫は餌だけをうまく食べて夜中じゅう感知器を鳴り響かせて歩き回った。

ヨンギはあきらめなかった。捕獲機をキッチンへとつながる道に設置し直した。それから猫が夢中になって食べるというおやつを自腹で購入し、簡単に取り出せないように細い鉄ワイヤーでしっかり固定させた。数回にわたる渾身の努力の末、毛もじゃの猫を捕まえることができた。

片手には社長から無理やり手渡された刺身を、もう片っぽうには猫の入った捕獲機を持って昔ながらの商店街へと向かった。猫が暮らすにはここのほうがいいだろうと思った。電気柵や毒薬を置くような行き過ぎた人間がいませんように。賢すぎて店に戻るようなことがないといいのだが……。ときどきそういうケースもあった。いくら遠く離れたところに放してやっても、何が何でも戻ってきてしまうことが。そうなったらまたケガしないように捕まえてやるからな。ヨンギは猫を放し、刺身を少し分けてやった。

猫におすそ分けまでしたのにまだ五人前はありそうだ。まだまだ勤務時間が残っているのに、これを誰に渡せばいいのやら。

直近の通話履歴からソニの電話番号を見つけた。

「ソニさん、刺身食べる？」

「お刺身？　食べたい。外の空気が吸いたいから、ついでにちょっとだけドライブさせてくれる？」

「今から向かうよ。下に降りて待ってて」

ソニはトレーニングウェア姿で車に乗り込むと、結婚式の招待状を投げ飛ばすようにして渡してきた。手裏剣を投げるかのように、シュッと。

「来るなら一人で来てね」

ヨンギはちょっぴり不快だった。

「それくらいは自分でも考えられるけど」

別れはどちらにも打撃を与えるものなのに、なぜいつもジェファの肩ばかり持とうとするのだろう。そんな悔しさが頭をよぎる時もあった。

「速すぎて車酔いしそう。いまは別に出動中じゃないんでしょう？」

ソニが文句を言った。この会社に入ってから運転を習ったせいで、ヨンギは普段でも出動中のようにスピードを出す癖があった。

「仕事はどう？　ひざは痛くない？」

「別に……それほど危険な事件も起きないし。ひざを痛めるほど走ることもないよ」

ヨンギはラグビーの特待生として大学に進学した。しかし、二年生の時にひざを負傷し、かろうじて卒業したものの何年も進路が決まらずにいた。この職にでも落ち着けたのが幸いだった。韓国ではラグビーとアメリカンフットボールの違いすらあまり理解してもらえず、スポーツというより大柄な男たちが体をぶつけ合うケンカを連想する人が多かった。その勘違いがセキュリティ会社に入るのには役に立った。武術の有段者と同じ扱いを受けたのだから。

ジェファとつき合っているうちに、まともな職を得てあれもこれもうまくいっていたなら、そのまま関係を保つことができただろうか。ソニを車に乗せてからヨンギは沈んだ気持ちで過去を振り返っていた。

いや。

それでも別れたのだろう。あの頃、社会人としてまともに暮らすことができずにストレスを感じ、そのせいで彼女をより一層ないがしろにしていたけれど、問題はそればかりではなかった。二人で一緒に時間を過ごしている間も、一緒ではないような感じがしていた。ヨンギもいつも全力を注ぐことができなかったが、どちらかといえばジェファの気持ちのほうがより遠くにあった。

　ジェファの目を覚えている。とても黒かったあの目を。一枚の幕が張っているようだった。時にはその幕がぶ厚くなり、ジェファの内側をのぞき込むことができなくなる。車を不正改造して真っ黒な着色フィルムを張りつけた窓ガラスのようだった。すぐ隣にヨンギがいても、目の焦点がどこかへずれていた。ヨンギは試合中のように大声を上げてジェファを驚かせ、ジェファを自分の隣に戻しておきたくなることもあった。どこを見てるの？ 俺を見て。こんなに大きな俺が、どうして君には見えていないんだ。ジェファの小さな頭の中で、絶えず端の境界が広がっていく暗くて恐ろしい世界をヨンギは事細かに理解することができなかったが、確かに感じていた。一九〇センチに迫る、ラグビーチーム、ウルブズ（wolves）の背番号4番、ロックというポジションだったヨンギだが、その時には迷子になった子どものように心細くなっていた。ジェファと別れてから彼女が小説を書くようになったという話が聞こえてきた。ヨンギはようやく、ジェファが深いところへ潜ったり、浮遊したりしながらどこに行っていたかがわかるような気がしたが、それをもっと早くわかっていたとしても特に変わることはなかったと思う。

　いつかジェファは言った。

「私も、あんたも、ひざを突き合わせようとしないよね。お互いのために、ひざを突き合わせようとしない」

ヨンギはその言葉をうまく聞き取ることができなかった。

「ひざ？　ひざがどうしたって？」

あとからヨンギはその言葉を何度も何度も噛みしめてみた。「ひざを突き合わせる」だなんて。いつもは使いもしないくせに。よりによって紛らわしい言葉を使って、混乱させやがって。ひざにコンプレックスがあるのは知ってるだろうに。ヨンギはソニの言葉の意味を理解しようとしたが、いくらがんばってもぼんやりとするばかりだった。ひざが壊れるまで突き合わせればよかったってこと？　ジェファとひざを突き合わせて近づこうとすればよかったってこと？　と数日考えたが、無駄だった。その頃にはすでに取り返しがつかないほど離れてしまっていたのだから。

ジェファと一緒だった頃を思い浮かべると、ときどきジェファがヨンギに笑顔を見せる際にちらっと見える八重歯だけが、この世のものであるかのように思えた。霧のような顔を突き抜けてしっかりと浮かび上がった、宝石のようだった八重歯。ヨンギはジェファとつき合う前も、別れた後も、そのような八重歯に出会ったことがない。いつもの異質な表情をちらちらと消し去っていた白い八重歯に。

ときどき、あの八重歯が恋しくなった。ジェファが恋しくなったわけではない。ただあの八重歯だけが。

「耳の裏のそれは何？」

妄想にふけっていたヨンギは、ソニからいきなり耳をひっぱられてハンドルから手を離しそうになった。

「おい、何だよ。運転中に」

「あんたが変わったところにタトゥーを入れてるから」

「え？　ひょっとしてまた文字が書いてある？」

「自分で入れといて何よ。〈オオカミに殺されることを望んでいた男は、人間の手によって殺された〉ってどういう意味？　ラグビーチームの話？」

「ちくしょう、またかよ。こないだのあれと一緒にできたのか」

「せっかく就職したんだから、ちゃんとしなさいよ。どれくらい飲んだら、タトゥーを入れた記憶までぶっ飛ぶわけ？」

「誰かのいたずらだろ。電話で聞いてみるよ」

「せっかくなら目立つところにやればいいのに。耳の裏ってね。ダサすぎる」

「自分で入れたんじゃないって言ったろ」

「若い子とつき合ってると思ったら……あの子に入れさせられたの？」

「ソニさんとはちょっと顔合わせるくらいが一番いいんだよな。長く話すと疲れる。もう帰って」

「ご立派になったもんねえ。この町から離れたいわけ？　この町の覇権は、このあたしが握っているんだけど？」

すっかり気分が悪くなり、耳の後ろで新たに発見されたタトゥーだかなんだかわからない文字も解決しなければと思って、ソニを予定よりも早く道端に降ろした。ソニは刺身の入った袋を手に提げて満足げに帰っていった。しょっちゅう車に乗せてってというんだから、せめてトレーニングウェアはやめてくれないかな。がっくりと肩を落として、ヨンギは仕事終わりに予定していた彼女とのデートをキャンセルした。今日は彼女の剛速球に耐えきるだけの余力がなかった。

つねに余力のない状態が続いていた。筋力トレーニングをずっと前にやめてしまった。有酸素運動は規則的にやっているが、体がぶにゅぶにゅになってきたのがわかった。特に手足の筋肉はびっくりするほど早く落ちていった。スクワットでもしたほうがいいだろうに、仕事から帰ったら急いで布団の中にもぐってしまう。大声で罵倒してくる先輩がいないと、運動もやれないのかと自分が情けなく思えた。

頭ではそう思いながらも、ヨンギは椅子に深くもたれかかった。テレビをつけて一番好きな試合の映像を流した。いつかあれほどまぶしい光の下で、死に物狂いで走っていた時もあったのに。頭の中が真っ白になるまで前だけを見て。ひざが壊れなかったら、走り続けられただろうに。ラグビーが人気のないこの国で、どんな思いで走り続けていたのだろう。とはいえ、たかが大学での試合だ。こんなんだから頭が悪いと言われちゃうのだろうか。

とにかくもう大丈夫だと、ヨンギは疲れ切った自分に言い聞かせた。ここが自分の居場所だから。夢見た仕事ではないけれど、郊外の夜を守る警備員になった。同僚も気に入っているし、幼馴染のソニさんとときどき遊べるし、かわいくて素直な彼女とゴロゴロできるし、この上ない人生だ。戻りたい時も、場所もない。

人生がテトリスなら、もうこれ以上長い棒は降りてこない。一気にすべてが解決することはない。こうやって積もり積もって、消え去らないものを抱えたまま耐えていくしかないのだろう。

ジェファ

ハッピー・マリリン

隣の部屋に誰かが引っ越してきた。もっとはっきり言えば、ジャズピアノが弾ける誰かが。

ジェファの家は古いアパートで、壁の薄い２Kの部屋がぎっしりと並んでいる。外廊下式のアパートで住民たちとはしょっちゅう顔を合わせているが、隣の人がいつ引っ越してきたのかはわからなかった。

普通なら壁を越えて聞こえてくるピアノの音にピリピリしてしまうだろうに、ジェファは少しも気にならなかった。なかなか聞き心地のいい演奏だった。隣が空き家じゃなくなったから、暖房代も節約できるかもしれないというくらいの感想を抱いていた。去年の冬はガス代が目をむくほどかかったのだ。

ジェファ

ハッピー・マリリン

ピアノ演奏を聴いているうちに、迷路に落とし込まれた玉のような心地になった。会社にもまともに通っているし、誰かといる時も至って普通だけれど、一人で家にいる週末はいつもより耐えづらかった。細くて気持ち悪い回虫のように、血管を突き破って体中をめぐりめぐる不安。押し黙って自分を振り返ってみる自己検閲の時間は、ジェファの週末の日課だった。

誰もが日常的に経験する屈辱や挫折はいつか危険水位を超えてしまうだろうし、そうなれば本当に取り返しがつかなくなるかもしれないという恐怖を抱いていた。

ときどき夢を見る。怖いものなど一つも出てこない悪夢だった。遠くない未来についての夢。部屋の片隅から空間が少しずつゆがみながら迫ってくる。簡単にぐしゃっとなってしまうあぶらとり紙のように思えた。目に見えず、形もないけれど、皺《しわ》や亀裂をつくりながら迫りくるあれは、きっと狂気なんだろう。ジェファは夢の中でもなぜかそうはっきりと理解することができた。自分の弱さと不安を淡々と受け入れた。狂気に完全に飲み込まれることがいつでも起こり得ることなのか、いつかは起きることなのかはわからなかったけれど。成長の過程で普通の韓国人と変わらないくらいの放任と暴力を経験してきたから、自分の不安を誰かのせいにも、環境のせいにもできなくはないけれど、その気にはなれなかった。

それらの経験が不安をさらに高めることはあったかもしれないが、実は極々小さな受精卵だった頃から不安を感じやすい気質だったのだろうと思う。最近他の作家に会って話してみると、安定した環境で育った人でもジェファに似たようなところがあった。こうなるように初めから決まっていたのだ。悲観的な考えではあるが、慰めになる。

恋愛は役に立つことも役に立たないこともあった。でたらめな話でも吐き出してしまえば少しは楽になるのだけれど、いつか話がこれ以上思いつかなくなったらどうすればいいのだろう。まともに機能する社会人として、独立した経済人として生きることは、思っていた以上に立派なことだったし、この状態を保ち続けたいと切実に思っている。だからたまにはこうして自分の状態を確かめなくてはならない。今日は大丈夫なのか、今週は大丈夫だったのか、とくよくよしてみること。放射性廃棄物の貯蔵容器のように、あやうく、静かに。ずたずたになった内側を隠しながら生きているという意味では、みんな同じではないだろうか。何か大事なものが壊されているのなら、ますますバレてはならない。内側が悪臭を放つ死骸で埋め尽くされているということに気づかれたら、相手はたちまち逃げてしまうはずだ。ヨンギがそうだったように。

寝返りを打つたびに、頭の中の部品がころころ転がる音がしているが、まだ耐えられる。大丈夫だ。

針葉樹のような気持ちを温存し続けなくては。ジェファは意識をはっきりと保つために、もう一度ピアノの音に耳を澄ませた。繊細ながらもどこか乱れたメロディーが聞こえてくる。ひょっとしたらこの隣人とは気持ちがしょっちゅうシンクロしてしまうかもしれない、と心配しながら、ジェファはゲラをめくった。

三番目に収録される作品は「ハッピー・マリリン」だった。金属的な感じがする短編だから、このような週末にぴったりだと思った。金属の中でも特に、アルミニウムのような。

二十一世紀までマリリンという名は、とっさにモンローのことを連想させた。一方、二十二世紀以降の人間にとってのマリリンは、ロボット革命を起こした初代モデルとしてより強く印象づけられている。しかし、実は、どちらにしろそれほどイメージは変わらなかった。マリリンはマリリン・モンローのようなプラチナブロンドのウェーブ髪の、繊細で感受性の高いラブリーな少女ロボットだった。

環境問題によって強化された人口政策のため、赤ん坊のバージョンから大人になるまで成長する子どもロボットへの需要が高まった。初代モデルのピノキオ以来、様々な会社でバラエティーに富むバージョンが生み出され、実際の子どものように性格も、

見た目もそれぞれ異なるロボットへと分化していった。中産階級の子どもたちは、ロボットきょうだいを一人や二人持つのが当たり前だったし、子ども心理アドバイザーたちもそれを積極的に勧めていた。『ロボットの子どもを無意識に差別している?』『保健福祉部と情報通信部が伝える子どもロボットのエラー予防方法』『血より濃い電流』といったベストセラーによって育児のハウツー本もまた、一般教養となった。育てにくいロボットであればあるほど人気があったことは注目していいだろう。

マリリンは高級なモデルで、育児の難易度もかなり高いタイプだった。地球全域で二千三百六体が普及し、初期から情緒不安定な性格をめぐって何度も問題提起されていた。しかし、製造会社は技術的な欠陥ではないという発表をくり返した。実のところ、人類が作り出した創造物をめぐって完璧《かんぺき》な理解がなされなくなったのには、二十一世紀のトヨタのリコール問題からはじまった古い歴史がある。ちょっとした電磁場の衝突やうんざりするほどの変数がどのように影響し合うかを把握しきる術《すべ》はない。

事態が深刻化したのは、二千三百六体の中の一つ、のちに「ザ・マリリン」と呼ばれることになる少女ロボットが、事故で親を失ってからだった。とりわけ慈悲深く情に厚い親で、実の息子と同じようにマリリンをかわいがっていたが、全自動シャトルの脱線事故で命を失った。十二月に葬式を終えて一月になると、驚くことに、マリリンはアップデートを拒むようになった。年齢ごとにアップデートすれば、感情的なステータスがゼロベースに戻ってしまう。胸の真ん中のフレームが曲がってしまうくらい実在するつらさを、そのようにして消してしまうわけにはいかない、というのが少女ロボットの言い分だった。「悼む」ためにアップデートを拒むロボットが初めて出現したのだ。

製造会社はなんと九年もの間アップデートを拒否し続けたマリリンに頭を抱えることになる。ロボットは予想し得ぬエラーで人間に害を与えたり、社会的な物議を醸したりすることがあり、アップデートは必ず行われなければならなかった。アップデートされなければ、製造会社とロボットの持ち主のどちらにもバカにならない額の罰金が科せられた。だが、問題のマリリンの持ち主である兄という人間は、その高額な罰金を支払い続けながらアップデートを行わなかった。連絡をしても、直接訪れても、答えはいつも同じだった。

「マリリンの意思を尊重したいんです。いつまでになるかわかりませんが、悼みたいだけ悼めるようにしてあげるつもりです」

いまではすっかり大人になった兄は、とんでもない言い訳をして法律を破った。製造会社はマリリンをはじめとした数件のアップデート拒否によって、政府機関の監査まで受けることになった。いよいよ我慢できずに提訴したことにも納得がいく。

裁判を担当した最初の裁判官は、裁判開始から一か月で暗殺された。彼はロボットは市民ではなく、魂を持たない機械はどんな自己決定権も持つことができないと訴えてきた強硬な保守派だった。マリリンをはじめ、ロボットたちが廃棄命令を受けるだろうという結果が目に見えてきはじめた頃に、裁判官は遠くから放たれた銃弾に撃たれた。スナイパーはいつまでも捕まらなかった。街を埋めつくした人々は大きな声で叫んだ。

「傲慢《ごうまん》な裁判官は死んだ！　傲慢な裁判官は死んだ！」

ロボットと一緒に育った市民たちは、裁判官の死によってさらに高揚し、暴動が起きる寸前の状態になった。裁判官たちはマリリンの裁判を担当するまいと争っていた。

結局、退任を控えている裁判官の一人が裁判を担当することになった。彼の判決内容は思いも寄らないもので、それから長いあいだ社会科の教科書に載り続けた。

〈私が裁判官として赴任した初年度のことです。当時私がいた裁判所は、二一世紀に建てられた美しい建物でした。使いづらいところも多々ありましたが、自負の念を抱きながら働いていました。誰も予想できなかったのはマグニチュード7・2の地震でした。修繕工事はたびたび行われていましたが、耐震設計からやり直すことはできなかったため、建物は悲惨な形で崩れてしまいました……。たくさんの仲間を失うことになりました。私の命が助かったのは、地方の研究所を訪ねていたからです。

現場にいた唯一の生存者は、若い女性の事務員でした。驚くことに、彼女は軽傷を負っただけでした。遺体すら見つけることができなかった人がごまんといたのに。手の甲に小さなかすり傷ができただけでした。誰もが奇跡が起きたと騒ぎました。

事務員が生き残ることができたのは、建物が崩れたその時、十二台の掃除ロボットがかばってくれたからでした。そのロボットたちは学習機能を搭載したアンドロイドでしたが、床の掃除をしたり、リキッドハンドソープをつめ替えたり、ゴミを出したりするだけの非常にシンプルなモデルでした。いまでは探そうとしてもない、くすんだ緑色で筒形をしたロボット。だから誰もがあれは偶然だと口をそろえて言いました。たまたまその時、その場所に集まっていただけの十二台のロボットが、基本マニュアルに従い自らを犠牲にして事務員を救ったのだと。

ですが、私は知っています。あの事務員はあの建物で唯一、ロボットにも朝の挨拶をする人だったのです。「おはよう」「おつかれ」「今日も床がピカピカだね」といったちょっとした挨拶でした。タイヤが壊れてしまったロボットのために、自分の仕事でもないのに修理業者を呼んだこともありました。裁判官の中には彼女をせせら笑う人も少なくはありませんでした。ほとんどが「洗濯機にさえ声をかける女」「まともな教育を受けられなくて、いまでも前世紀のように生きている」といったふうにあざ笑っていたのです。しかしご存じのように、あざ笑っていた人たちはみんな死にました。

私はずっと気になっていました。地震の瞬間に、掃除ロボットがどこまで明確に状況を把握し、彼女のところへと駆けつけたのか。奇跡的に生き残れたことは感謝すべきことですが、それとは別に想像できない未知の部分が怖いのです。と同時に怖いから言って、「ない」と断言することはできないということも承知しています。

ロボットには魂がないと、私はとうてい断言することができません。二十二世紀初頭に起きた大地震で、私の恋人を救ったのも十二台のロボット掃除機だからです。私は一度もその人が信じていることをあざ笑いませんでしたし、これからもそうでしょう。あの人はこのごろも、脈絡のない奇跡などないという言葉をよく口にします。私はその言葉に耳を傾けざるを得ません。

したがって原告、製造会社側の強制アップデートの要求を棄却します。被告、ロボットに魂がないということが完全に証明されるまでは、いつまでもアップデートを拒

むことができます。ただし、罰金はこれまでどおりに支払ってください。〉

マリリンの家族は、喜んで罰金を支払った。マリリンはそれから何年もアップデートを拒み続けたが、ついに心を決めた。兄の子どもが生まれたのだ。

「これでも叔母なんだから、子どもより幼く見えるわけにはいかないよね」

マリリンは少しずつアップデートを行い、成人女性になった。それからロボットたちが不完全なままでも市民として認められるように、津々浦々を回って講演を行った。ロボットのモデルを、腕の長さによって十五インチ、十七インチ、二十四インチと区分する制度を撤廃しようと訴え、ついに認められたのだが、まるで自転車のタイヤでもあるかのように腕の長さについて話すのを毛嫌いしていたそうだ。誰もがマリリンを愛した。人間としては真似することもできないほど弁が立ち、立派な著作物を残したうえに、自らの作動停止を決意してからは、国葬が行われた。

簡単に要約することのできないマリリンの人生は、二十二世紀後半、社会科の教科書に掲載された。若かった裁判官が崩壊した裁判所の前で、救い出された恋人と感動的な再会を果たしている写真とともに。

ジェファは、暗殺された裁判官のおごり高ぶりが、ヨンギにもあったと思った。ヨンギは理解しがたいものは存在しないものだと信じ込んでいた。はっきり説明し得ないものについて説明しようとする努力を無駄だと思い、そっぽを向いた。ジェファはヨンギの狭い世界、あの健やかで健全な世界に入ることができなかった。元カレを何度も殺すことは、もうやめたいのだけれど。

冷蔵庫が空っぽだったが、レトルト食品を食べる気にはなれず、外に出てみることにした。夜が深まっていた。

玄関を開けて外に出ようとした時、廊下の奥に設置された人感センサーつきの照明がついているのがわかった。換気口の下に誰かが立っている。タバコを吸っているのだろうか。背中を向けているため、知る術はない。

もしかしたら、あの人かもしれない。ジャズピアノを弾いている人。そう思うと、親しみがわいてきた。アップデートを拒んでまで悼み続けることは、もうやめにしようと思う。

ヨンギ

ガス銃を触ってみてもいいですか

「京畿道の外れなのに、『バットマン』に出てくるゴッサム・シティみたいだよな……」

出動寸前に、ヨンギがつぶやいた。予想外の奇妙な出来事に何度出くわしたものか。一年半の間、人間の見苦しいところを見つくしてきた気がする。自分の見苦しさを隠そうとする努力をやめた時にようやく寿命と関係なく人生が終わるのではないか、そんな気さえしてくる。ヨンギはＬＥＤライトと警棒、無線機と業務用のタブレットをチェックした。夜勤だった。物流倉庫と家具工場を見回りながら、ネズミやら無断侵入者やらとにらめっこしなければならない八時間が控えている。準備が終わるとすぐに、管制局から通報リストを渡された。住所を確認すると、よりによって担当エリアで最も遠い場所だった。道路は閑散としていたが、ギリギリまでアクセルを踏んでももう手遅れだった。

工場の扉を開けて中に入ると、たちまち焼酎の瓶が飛んできた。

「バカヤロー！　五分以内に来るって約束じゃねえかよ。何分かかってんだ？　はあ、七分？　七分かかったらオレは死ぬっつーの。金だけとりやがってよ」

「申し訳ありません。ご用件は……？」

「五分でくるかどうか確認しただけさ。おい、本当に強盗が入ってもこんなにのろのろ来るつもりか？」

初っ端からついてない日だ。わけのわからないことを言いつのる客の相手をずいぶんとしてやってから、ようやく離れることができた。

次は普通の住宅だからとホッとしながら向かったが、ヨンギを待っていたのはむごたらしい光景だった。男は唇が切れ、女は頭皮が剝けていた。呼び出しボタンを押したのは子どもたちだった。子どもたち三人のうち誰が押したのかはわからなかったが、パニック状態になって泣きわめいていた。あらゆる物が壊れている家の中には靴を履いたまま入らなければならなかった。ヨンギの足に踏まれた陶器製の飾り物がもう一度割れた。子どもたちを落ち着かせて部屋に移動させてから、親たちもそれぞれ別室に隔離し、警察に引き継いだ。その家からまた呼び出しがかからないことを願いながら逃げるようにして飛び出したが、また呼び出しがかかるのは言わずもがなだろう。

二時間ほど何も考えないようにして車を走らせたが、今度は学校から呼び出しがかかった。

「また?」

入社してすぐに先輩から言い伝えられた様々な怪談があって、その中には学校と関連した話が最も多かった。

「A中学校だけどさ。あそこのトイレに何年か前、生まれたばっかの赤ん坊が捨てられてたの、覚えてる? 赤ちゃん殺人事件って、大騒ぎだったたんだけど。知らない? 夜あそこに行くと、本物の赤ん坊の泣き声が聞こえんの」

「B小学校の四階にある教室は、電気を消すとまた点いて、消すとまた点いて……で、バタバタバタバターって子どもの走る音がするんだよ。怖すぎて、宿直の警備員と二人、手を握り合ったんだって」

「C高校から通報が入ってさ。校庭に立って、LEDライトで窓のあたりをサーッと照らしたら……誓って言う。放送室の窓に、顔があった。到底踏み込めなかったよ。管制局に、ただのネズミでした、って報告しちゃったんだよね。で、もしものことがあったらと思って、校庭で徹夜だよ」

六十人あまりの隊員の数だけの、学校にまつわる怖い話があった。学校への出動は誰もかれも避けようとして必死だった。ガタイばかりがよすぎるのだ……。そうやって敬遠された仕事は、下っ端のヨンギに回されてきた。新人はいったいいつ取ってくれるつもりなんだろう。ヨンギは首を振りながら学校へと向かった。部品が壊れたせいで起きたよくあるエラーだった。パワハラとかDVとかよりは怪談のほうがマシだった。

彼女に出会ったのも学校でだった。もちろん夜の学校ではなく、真昼の学校。ヨンギの会社は行政と業務提携を結んでおり、学生たちの指導をすることになっていた。一種の公益的な性格を強調するためだったが、実際にはタバコを吸う子どもがいればビシッとひとこと言って通り過ぎるくらいのことしかやっていない。

あの頃のヨンギは仕事をはじめたばかりだったし、彼女は卒業を一週間後に控えていた。彼女とその友だちは二月の午後三時、ひんやりとするくらいまぶしい日差しの中で焼酎を飲んでいた。

「何をしてるんですか。学校の前の公園でお酒だなんて、しかも制服姿で。やりすぎだと思いませんか」

ヨンギができるだけ威厳のありそうな声で話した。

「おじさん、警察じゃないんですよね？」

「警察じゃないけど、自分の仕事ではありますよ。早くお酒をこっちに寄こしてください。こんな寒い日に地べたに座っていたら風邪を引きますからね。早く帰ってください」

「ちょっとだけ目をつぶってください。残ってる分だけ飲み切ってから帰ります。来週いっぱいで卒業するのに、私たち四人とも資格試験に落ちたんですよ。受かると思ってたのに……初めからこんなんで、将来何をすればいいんだか。ねえ、だから見逃してください。胸が苦しくてつらいんですから」

「おじさんも一杯どうですか?」

ヨンギが残っているお酒の量をざっと確認した。見逃すには中途半端な量だった。早く帰らせるためには、一緒に飲んでしまったほうが話が早そうだった。

「はあ、なんてこった……」

ヨンギはあたりを見回してから、続けざまに二杯を飲み干し、みんなにはあと一杯ずつだけを許してから家に帰らせた。後になっていまの彼女が、隣に放り投げておいたヨンギの携帯で自分の携帯に電話をかけ、ヨンギの番号を保存していたことを知った。

「へえ、銃も持ってるんだ。本物ですか?」

「ガス銃です。ネズミを捕るときにつかいます」

「セキュリティ会社なのになんでネズミを? それは他の会社の仕事じゃないですか?」

「倉庫みたいなところで、夜中じゅうネズミがセンサーにかかったりするから……。ネズミの穴にガスを噴射したら、大騒ぎになります。すごくね。そうすれば引っ越しでもしてくれるかなと」

「へえ、でもカッコいい。触ってみていいですか」

「ダメです。さあ、もう帰ってください」

しかし、夜中に送られてきたメッセージを読んで、ヨンギは乾いた笑いを浮かべた。彼女は卒業後に取ろうとした資格を次々取っていき、経絡マッサージ師として働いている。どれだけ指の力が強いのか、ヨンギも試しにマッサージを受けてみたが、体じゅうがあざだらけになるほどだった。

あの笑える出会いが、はるか昔のことのように思える。彼女に出会ってから、うんざりしていた町に少しは耐えられそうに思えてきた。すっからかんになったところにふたをすることができた。みんながみんなゴミくずではないのかもしれないと、切実に信じていたかった頃に現れた怖いもの知らずの恋人だった。

八時間が経ち、ヨンギは制服を脱いだ。無性にシャワーを浴びたかった。

「おい、それ何だ？　お尻の上のヤツ」

向かい側のロッカーを使う先輩に聞かれた。

「アザですか？　彼女が経絡マッサージをやってるんで」

「アザじゃなくて、チンピラみたいにタトゥーを入れてるじゃないか」

ヨンギはハッとして、鏡に後ろ姿を映してみた。腰とお尻のあいだに、新しい文字が刻まれていた。

「〈傲慢な裁判官は死んだ〉……」

「裁判官に恨みがあるとは知らなかったなあ」

ヨンギは病院に行ってみたほうがいいだろうと考えた。怪談のほうがマシだと思ったけれど、怪談の中の登場人物になりたくはなかった。

ラブ・オブ・ツンドラ

ジェファ

チョ・スンジュから電話がかかってきたのに、ジェファは声がうまく出なかった。

「風邪？」

いいえ、人としゃべらなすぎて、と素直に答えることはできなかった。

「ええ、風邪みたいで」

「ひどくなかったら、ちょっと会える？」

スンジュはデビュー当時からジェファを担当してきた編集者だ。最近は屈指の大手出版社の傘下にある、ジャンル小説を刊行するインプリントの編集長になったが、三十代で編集長になったというのは目覚ましい成果だった。

「実力があるというより、先輩がみんな我慢しないでやめていったからだよ。みんなもっといいところに移ったのに、俺は残ることしかできなかっただけ。だから恥ずかしいんだよ、どっかで編集長だと名乗るのはね」

謙遜して言うけれど、センスのいい編集者で、作品を見抜く力があり企画にも長けていた。スンジュの助けがなかったら、ジェファは短編集を出すことができなかったはずだ。ジャンル小説を書く作家が長編ではなく、短編集を出すのはそう簡単にできることではなかった。作家には、誰にでも「この人なら私の思いを正確に読み取ってくれるだろう」と信頼できるバロメーターのような人がいるものだが、ジェファにとってはスンジュがそんな相手だった。

だが、約束の場所のドアを開けて入ってくるスンジュを目にして、ジェファは眉間にしわを寄せてしまった。

「いくら仲が良くても、サイクルパンツはちょっとやめてください」

「着替えがあるから心配しなくていいよ」

「移動の時はいつも自転車ですか？　編集長になってから自由なんですね」

「出勤カードをタッチしなくていいのがすごくうれしい。部長以上から免除でね。ちょっと待ってて、着替えてくるから」

ジェファはメニューに目を通しながら待っていた。スンジュが法人カードを持ってくると言っていたが、今日はジェファがおごるつもりだった。スンジュはすぐに着替えを終わらせて、スタスタと歩いて席に戻った。

「顔がすっかり日に焼けてますね」

「ああ、焼けすぎてナツメみたいになってるよね。関羽でもあるまいし」

「仕事のほうはどうですか」

「どうもなにも、韓国ではSFとかファンタジーとかのジャンル小説が好かれないんだよね。儒教国家だから。孔子さまが怪力乱神《かいりょくらんしん》については語るなとおっしゃってたのに、俺は怪力乱神について語ってごはんを食いつなごうとしてるわけだからうまくいくはずないよね」

「怪力乱神かあ……」

「それより、君はゲラをいつよこすつもりだよ。担当者が泣いてたよ。ざっと見て、戻してやりな。一度発表したものだろ？　どこをそんなに手直ししようとしてるんだよ」

「どう直すかの問題じゃないんです。一編ずつ発表していた時は、誰か一人にだけでも琴線に触れるような話が書ければ、と軽く思ってたけど、いざ一冊にまとめようとしたら、これが有効な物語かどうか確信が持てなくて」

「有効って？　どんな意味で？」

「つまり……ただ自分の苦しみを消化しようとして書いた話だから、それが他の人に伝わるんだろうかという悩みというか」

スンジュが笑い出した。

「誰だって苦しいときはあるよ。このクソみたいな中つ国に閉じ込められてるんだからつらくないわけがない。だから伝わる。心配することないよ」

「中つ国！　ああ、そんな伝統的な概念も、今日はすごく目新しく聞こえてくるなあ」

「そうだよ。ファッキュー、ミドルアースだよ」

少し言葉を交わすだけで頭の中の回路がさっと整理される人がいる。一人で悩んでいた時よりもすっと気が楽になった。

「君もぶっちゃけ変なことを悩んだりするんだね。役に立つ生命体じゃないかもしれないけど、それなりにおもしろくはあるよなあ」

「ね、おもしろくはありますよね……というかそれって、よく考えると結構な悪口ですよね？」

「たわごと言ってないで、一冊でも多く売ろうとがんばってくれよ。売り上げが伸びなくてつらいんだから。また上からジャンル小説の事業は畳もうと言われるかもしれない」

「そんな才能があったらここでこんなことしてませんよ」

スンジュと別れて外に出ると、初秋を迎えた通りにはセミの死骸が落ちていた。夏の間の激しい求愛の末に、粉々に崩れ落ちる体だなんて。それであなたたちは、願いに願った恋をかなえることができたの？　ジェファは死んだセミの目を覚まさせて尋ねたかった。

まだ残暑が続いているのに、ジェファがめくったゲラはひどく寒い冬についての話だった。「ラブ・オブ・ツンドラ」はなんと十四歳の時に初めて書いた話の書き直しで、効率とは程遠い手間のかかる作業だった。

ツンドラの住人たちは、たいていのことには動じなかった。荒れ地で、手元のものだけで生活をやりくりするのに慣れているからだ。

しかし、終わりのない冬がやってきて溶けそうにない氷に覆われた時は、彼らも絶望せざるを得なかった。予言されていなかった氷河期だった。すべての川は凍りつき、土からは何一つ育たなくなった。いくら寒い時でも地面を少し掘り起こすだけで見られた黒くてやわらかい土は、すっかり変わり果ててしまった。住人たちはありったけの服を着込み、必要のないものと必要なものを一緒に燃やして、奥歯で来年植えるはずだった種を嚙みくだいた。この先も訪れないだろう春を願い求め、また呪いながら。

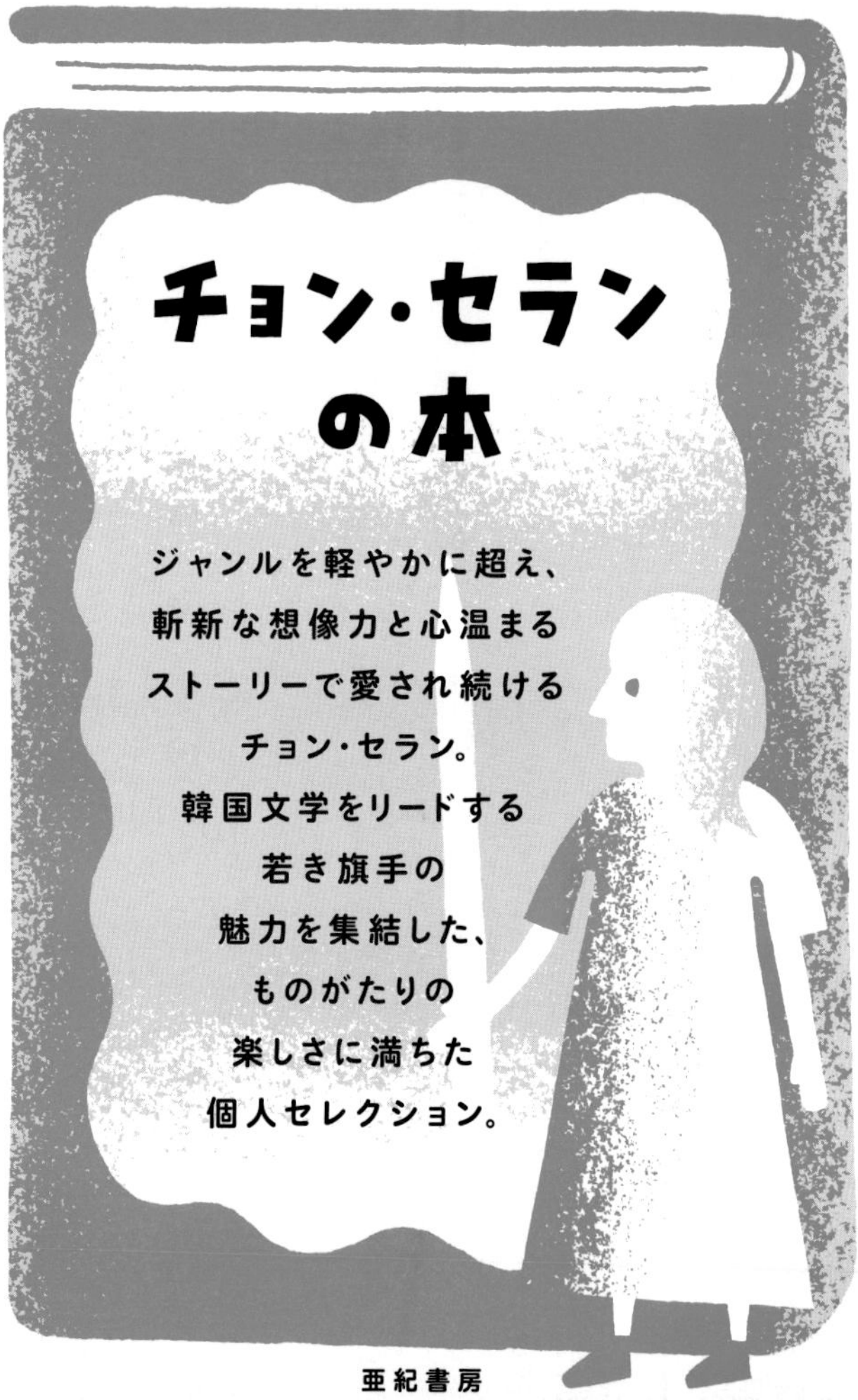
チョン・セラン
の本
ジャンルを軽やかに超え、
斬新な想像力と心温まる
ストーリーで愛され続ける
チョン・セラン。
韓国文学をリードする
若き旗手の
魅力を集結した、
ものがたりの
楽しさに満ちた
個人セレクション。

亜紀書房

十五部族の首長たちが集まったのは、絶望さえ底をついてしまったあとだった。寒い地で一緒に暮らしている部族どうしは仲が悪く、自分の持つ魔法だけが本物の力だと主張していた。しかし、冬というより死を感じさせる酷寒をただちに追い払うことができる魔法は、たった一つしかないということを誰もが熟知していた。

三百年前の、氷河期ほどではないが、凄まじかった冬を追い払うことができたのもあの魔法のおかげだった。それは「みんなで立てた守護者が自らの魔法で氷の下に横たわる時、冬がしばし爪を隠すだろう」という歌詞がくり返される歌を歌いながら行う犠牲呪術で、最後の手段にほかならなかった。

「それで、誰か手をあげますか」

「わしには無理じゃ。別にみんなに選ばれたわけでもなく先代から受け継いできただけだから。だからわしにはできん」

「こう言うのも何だけど、僕は魔法が使えないんだよ。僕の部族では暗黙の了解となっているけど、僕が登場する時に裏で薬草を炊いてくれる人もいるんだよね」

「子どもが十一人もいるんだ。それを誰かが代わりに育ててくれるのか？　多産の守護者という名前のせいでちょっと無理しすぎてるところもあるから勘弁してくれ」

その時、ある人が前に出た。

「私がやります」

一番年下の女の首長だった。最も貧しい部族人たちがどんなつもりでか、首長として女を立てたのが去年のことだった。他の首長たちはすっかり見くびっていた。

「私が解けない呪文になります」

誰もが恥ずかしそうにざわめいていた。

「お前さんは、ちょっと若すぎるから……」

「若くて何も持っていません。しがらみがないから犠牲でもなんでもありませんが、私は歌の条件にぴったり当てはまるんです。その代わり、氷が溶けたら、わが部族に土地を分けてやってください」

そうやって女は氷の棺を作り、ツンドラの最も深い地層に横たわった。誰もが若い首長を氷の女王と名づけ、ほめたたえる歌を歌った。

冬は従順な巨人のように過ぎ去り、土地を分け与えるという約束は守られ、歌は三千年ほど歌い継がれ、ついに記憶から忘れ去られた。

そして最初の恋人がやってきた。

油田の開発者で、巨大なドリルで土に穴を開けるうちに氷の女王を見つけたのだ。

人生で黒い液体を追いかけてばかりいたのに、初めて白い固体を手にしたくなった。何よりも硬くて鋭いドリルで氷をくだきはじめた。そうやって女王の棺があっさりと開くと思ったら、ダイヤモンドよりも硬いと言われた彼のドリルは、女王の鼻の先で折れてしまった。

折れるだけならよかったのだが。

折れて跳ね上がったドリルの欠片が、開発者の胸を貫通してしまった。ツンドラ一の大富豪はそうやってあっけなく死んでしまった。

氷の女王は氷の中で目を覚まして、その一部始終を見守った。鈍い衝撃があったが、女王にまでは伝わらなかった。

ツンドラの油田が片っ端から開発されたことで石油が底をつき、ついに人々が砂漠に移住してしまった頃に、二番目の恋人がやってきた。探検家だった。父方の曽祖父から、油田の開発者のもとで働いていた時に氷の女王を見た、という話を聞かされながら育った探検家は、若き日々を氷の女王を捜し出すのについやした。氷の女王は、最初の恋人より彼のほうが少しばかり気に入った。氷越しでも、欲望の度合いははっきりと判別できたのだ。

「私と一緒に暑い国にまいりましょう。道を歩いていて楽団に出会ったら一緒に踊りましょう。真昼に熱く焼かれた通りの石たちが、日が沈んだあとも冷めずに熱気を放つでしょう。夜も太陽を感じられる南の国でした」

探検家にはジャングルを越える際に使っていた巨大な火炎放射器があった。女王は氷越しにも火花を感じることができた。氷はだんだん薄くなり、透明になっていた。これで自由の身になれるかもしれないと思った。しかし……。

熱に溶けて落ちてきたつららが探検家の頭を貫通した。ひどく残酷な光景だった。氷の女王はすっぱりあきらめてしまった。

ドリルも、つららも、うんざりだわ。

三番目の恋人はシンガーソングライターだった。

初めの頃は、氷の女王は彼のことがあまり気に入らなかった。彼が持ってきている楽器はまったく音が出ず、ばかばかしく思えたのだ。実は、洞窟が崩れるのではないかと心配してアンプを持ち込んでいなかっただけだが、三千年前の女王は電気楽器のことをてんで理解していなかった。金属の弦を鈍い音を立てて数回弾いてから紙に何かを書き込む姿も気にくわなかった。

シンガーソングライターは一年が経ってもほぼ毎日氷の洞窟にやってくるほど、意外な真面目さを見せた。女王が彼の持つランプの明かりと不思議な楽器にすっかりなじんでいたある日、氷の棺の前にうんと近づいて腰を下ろした。それからすごく小さなスピーカーを接続した。氷の壁を通してだと、かろうじて聞こえるくらいの音を出す、手のひらサイズのスピーカーだった。

「あなたを見ながら作った曲です。気に入るかどうかわかりませんが」

一年ものあいだに、シンガーソングライターは十五曲のラブソングを作った。その曲には魔法もなく、救いもなく、約束もなかったけれど、純度の高い結晶があった。十五曲が流れるあいだ、氷の女王は解けない呪文からじわじわと解き放たれているのがわかった。

すべての曲が終わってから、女王はシンガーソングライターに言った。

「氷に触れないでください。自分で氷をどうにかしようと思わないで」

シンガーソングライターはうなずいた。次の日も、その次の日も、音の出ないギターを抱えて座り、ともに時間を過ごしてから帰るだけ。他に類を見ない関係の二人は、氷をあいだにしてじっとしているのが好きだった。そんな日々が永遠に続くと思っていた。

二人が洞窟の中にいて気づくことができなかったのは、地球温暖化だった。地球温暖化が急速に進み、ある日のこと、あっという間に氷の棺が溶けてしまった。シンガーソングライターはひどく慌てて、後ろに引き下がって待っていた。女王はぬるぬるとぬれた髪の毛の水気をしぼると、ようやく聞きなれない楽器の音をまともに聞くことができた。

ヨンギ

ファッキュー・ファッキュー・ファッキュー

「タトゥーを消すつもりで？」

皮膚科の先生に尋ねられ、ヨンギはイライラしながらくり返した。

「だから、タトゥーじゃないんです」

「はい？」

先生はごく最近ひじの内側にできた文字をこすってみた。〈ドリルも、つららも、うんざりだわ〉というちんぷんかんぷんな内容だった。先生は困った顔でしばらく言葉を選んでいたが、ついにこう言い切った。

「皮膚科の問題じゃなさそうです」

「おっしゃりたいことはわかりますが、もう一回だけちゃんと診てもらえませんか。それからは何を言われてもそのとおりにします……」

先生はしぶしぶと拡大鏡を文字のところに当てたが、次第に興味深そうな表情を浮かべていった。

「あ、ほんとだ。これはタトゥーじゃない。表皮にはなんの跡も残っていないし。逆に下の層からにじみ出ている感じですね。こんな施術法ってあるんだっけ」

「いや、だから、どんな施術も受けてません」

「でも、どう見たって文字ですから」

「こういうものがあと三つもあります」

ヨンギと同年代に見える皮膚科の先生は、ますます混乱していった。ヨンギは先生の気持ちを二百パーセント理解することができた。ようこそ、このクレイジーな世界へ。

「えーっと……私の所見ですが……差し出がましいようですが、アルコール依存症の相談など……それか神経内科で認知能力の検査を受けてみるのもいいかもしれません。大学病院への紹介状を出しますね」

大学受験の数学の試験で、八つもの問題に適当な答えを書いてしまった時のような気持ちで、ヨンギは先生からの忠告を受け入れることにした。酒を一滴も口にしなかったといったら嘘になるが、このごろ記憶がなくなるまで飲んだことはない。ひょっとしたら脳腫瘍やらなんやらで記憶が失われたのかもしれないから、検査してみるのも悪くない気がした。問題が何であれ、体に文字があるのに、それがどのように刻まれたのかが記憶にないのは深刻な問題かもしれなかった。

家に帰ってうつ伏せになって休んでいると、彼女からメッセージが届いた。

――ヨンギさん、あたし、今日セメントに足がハマっちゃった。

――なんで?

――あたしって夜になると目が見えづらくなるでしょ? だけど、道路の拡張工事をするのに、案内板も設置しないで新しいセメントを流し込んでたわけ。それでひざのところまで足がハマっちゃった。

――そんなバカな凸凸

――え、それって悪口だよね?

――ごめんごめん、打ち間違えた。

――話に集中しないで適当に返事してるってわかるからね。最近どうしたの?

――昼と夜が逆転してるからかも。

彼女からの返事がなく、寂しがっているのだろうと思った。気になって「肌がかぶれないようにちゃんと洗い流してね」とメッセージを送ってみても、返信はない。

受診で睡眠時間が削られた。いつになれば、夜勤から抜け出すことができるのだろう。チームリーダーくらいになれば、抜けられるだろうか。ヨンギはチームリーダーにはなりたくなかった。誰かに責任が持てるような器ではないと思っていたから。言われたことだけをしながら、自動運転モードで生きていきたい。それだってそう簡単にできることではないけれど。

昔のようにすっと眠れないのが不満だった。文字のところをかきむしりながら、セメントに足を取られたような気持ちでかろうじて眠りについた。

ジェファ
鶏もみじの窓辺にて

誰かに郵便を開けられている。

同じようなことが何回かくり返されてからようやく気がついた。クレジットカードの利用明細や管理費の通知書などだったが、それを誰かに見られているとは。ある日封筒の外から入れられた精巧な切れ込みをたまたま見つけた。目でわかったわけではなく、封筒の開いたところに偶然指先が触れたのだ。カッターより鋭い刃を使ったようだった。中身を取り出してふたたび入れ直してあるようだが、ぱっと見では気づきそうにない。いったい誰がここまでの注意を払って地味な情報を手に入れようとしているのだろう。ジェファは近所に住む性犯罪者の情報を公表しているウェブサイト〈性犯罪アラームｅ〉に接続して近所で犯罪が起きていないかを調べてみたが、特に気になるような事件は見当たらなかった。同じ建物に住む中学生がいたずらでもしたのだろうか？

一度気になりはじめると、つけた覚えがないのについている浴室の換気扇とか、やや開いている引き出しとか、夜中に聞こえた玄関ドアをさする音とかが脳内でビビビッとつながりはじめた。一人暮らしの女性なら誰もが共感できるだろうが、いとも簡単に心が暗い場所へと滑り落ちていく自覚があった。ジェファは客観的に状況を判断しようとソニに電話をかけた。

「他のことはわからないけど、郵便はちょっとね。ストーカーのファンとかいるんじゃないの？」

「私ってあまり顔が知られていない作家だもん。作家の同僚で苦労してるって話は聞いたことあるけど、その可能性は限りなく低い気がする」

「誰がやったか知らないけど、とにかく気持ち悪いよね。カードの利用明細は地味な情報じゃないよ。いつどこに行っているか、ライフスタイルが全部把握できるからね。とにかくまずは利用明細をメールで受け取れるように変更して、うちに来て。ここで何日か過ごして、そのあと私があんたの家に泊まりにいくから」

ソニの家に着いてみると、キッチンにきれいに刻まれたジャガイモが見えた。

「何作ってるの？」

「カレー。あんた、あたしが作ったカレーが好きなんでしょ？」

「手伝おうか？」

「いいのいいの、ちょっとそこでごろごろしてな」

ジェファはソニの言葉に緊張がほぐれて、そのままソファーに横たわった。クッションがへたっている人工皮革のソファーだったが、甘ったるい仮眠をとることができた。まどろみの中で声を出さずにつぶやいた。女性が恋愛を続けるのは、本当は感情の問題ではなく、安全の問題じゃないか、と。陰に身を潜めている犯罪者のターゲットから少しでも外れられたら、と……。実はヨンギが恋しいのは、ヨンギと一緒にいると誰もジェファを攻撃しないからではないだろうか。それならヨンギが恋しいのではなく、安全だった状態が恋しいだけだろうに。ヨンギの大きな手のひらとステゴサウルスの背中にある骨板のように分厚かった爪が思い出され、恐竜の夢へとつながっていった。

「やだ、もーう」

ソニの声が聞こえてきてふと目が覚めた。

「どうしたの？」

「カレー粉がないの。具材まで全部炒め終わったのに」

「買ってこようか」

「いや、遠すぎるよ」

ソニの家は商店街と離れた丘の斜面に立っていた。二人はキッチンのあっちこっちを漁りはじめた。代わりになるものを何か見つけなければならなかった。

「チャジャン麺のソースがあった！　使いかけだけど」

「量もちょうどいいじゃん」

ソニの特製カレーではなかったが、なかなかおいしかった。ときどき、人生ってこういうものなんだろうと思うことがある。切実だった願いはかなわなくても、思いがけないものが与えられることがある。しかも、その後者のほうがより魅力的に思えることだってある。そういう戸惑うような幸運の訪れ方が人生を彩ってくれるのだ。もちろん、魅力的な後者を手にすることができたとしても、切実だった最初の心がそう簡単に消え去らずに苦しい気持ちになることはある。

「次は絶対カレーがいい」

「わかった。バッチリ用意しとくから」

二つ目のデザートを食べながら、ソニが言った。

「あんたって気持ちが暗いところに落ちていくって心配してるけど、この先もギリギリずっと大丈夫だと思うよ」

クッションを枕にして床に横たわり、ジェファはソニを見上げた。

「ほんと？　本当にそう思う？」

「ユーモアのある人は、そう簡単に折れないからね。あたしってエッセイとインタビューが好きでよく読むんだけど、逆境を乗り越えた人ってよく瞑想とか宗教の力だとか言うじゃない。でも、よくよく見るとみんなユーモアがあるんだよね」

「言えてるかも」

「あたしたち、二人一緒だと笑いが止まらないから、お笑いにでも挑戦してみる？　漫才コンビとかさ」

ソニがひざ掛けをくるくる巻いてジェファの隣に横たわった。

「カメラの前に立つのは嫌。小説を発表するのだって怖くて死にそうなんだから無理だよ」

「確かに誹謗中傷のコメントもずいぶん増えるだろうね」

「ドラマのシナリオを書いてる先輩がいるんだけど、悪質なコメントが一時間に四〇〇個くらいつくって。あえて見ないようにしてるけど、たまたま目に入ったらほんとにつらいんだって」

「みんな苦労してるね。しかたない。あたしたちってほんとはすごくおもしろいけど、小さなグループから愛されるスターで満足しよっと」

「ソニさん、さっきから胸焼けがするけど、なんでかな」

「……あたし、打ち明けたいことがある」

「何？」

「実は、さっきのチャジャンソースってさあ、ちょっとだけ賞味期限が切れてた」

「はあ？　さっき自分はお腹がいっぱいだからって残りを全部私にくれたくせに。どれくらい過ぎてたの？」

「三か月くらい。粉だから大丈夫だと思ったけど、ごめんね。でも正直に言ったから許して」

「それでなくてももう二キロも痩せてるのに、ソニさんったら」

ソニがしばらく黙り込んだ。それからふたたび口を開いたその時、ジェファは〇・三秒前にどんな話をされるか気づいていた。

「ヨンギにセキュリティ機器をつけてもらったら？」

「やめとく」

返事にも〇・三秒しかかからなかった。

「もう一回友だちに戻るのだってアリだよ。時間もかなり経ってるし。ヨンギもあたしにずっと会うだろうし、あんたもあたしとずっと会うつもりでしょ？　社員割でかなり安くできるって。あの子の実績にもなるだろうし。どう？」

「そういう問題じゃなくて……月々家賃を払ってる家で、そんなものまで設置する人いる？」

「そんなことより安全が大事だよ。引っ越すときに取り外して持ってくこともできるんじゃない？」

「大家さんがちょっと変わってるから電話したくないし」

ジェファはあれもこれも気にしなければいけないと思うと悲しくなり、悲しくなると味の濃い抹茶アイスが食べたくなった。胸焼けのせいで何も食べられなくなると、あの硬くて、味が濃くて、甘さはない抹茶アイスがますます無性に食べたくなった。これぞ大人の味だわ、と思いながら、ゆっくりと味わえたら……。

ふと、自分はそういう緑色なのだろうという気がしてきた。

甘さのない緑色。いつかヨンギからもそんな話を聞いたことがある。緑色のアイスクリームみたいだと。たぶん悪口だったんだろうけれど、抹茶じゃなくて別の味だった気がするけれど、何だったっけ？　もう電話で聞くことはできない。

ヨンギに電話をかけられる勇気があったなら、しれっと電話してセキュリティ機器を安く設置してほしいと頼める図々しさがあったなら。それならもう少し生きやすかったかもしれない。緑色じゃなかったか、緑色だとしてもチョコチップくらいは入っていたかもしれない。

ソニがうとうとする間、ソニのスマホからヨンギとの通話履歴を探した。ただその名前を少しだけ眺めていたかった。一度か二度スクロールしただけですぐに見つかった。ありふれた名前のようにも、今さらながら堂々としている名前のようにも思えた。

その時だった。電話がかかってきたのは。

ヨンギだった。

ジェファは間違えて電話をかけてしまったのかと慌てたが、そうではないようだった。ただヨンギの名前を確認したその時、ヨンギから電話がかかってきただけのこと。もちろんジェファにではなく、ソニにかかってきたわけだが、あまりにも偶然すぎた。やさしい手つきでソニの横にそっとスマホを下ろしておいた。起きて電話に出るだろうと思ったソニは、目も開けずにスマホの設定を無音に変えた。

もしかしたら、とジェファはクッションに顔を埋めて考えた。もしかしたら私たちは、まだつながっているのかもしれない。成層圏よりもう少し高いところに、臭う煙からも安全な高い空に、私たちがつながっているネットや幕のようなものがあるのかもしれない。テレパシーとまではいかなくても、私があなたのことをずっと思っていれば、あなたも少しは私のことを思ってくれるかもしれない。そんな可能性に思いを馳せると、いつもより耐えやすくなる？　それともさらにうんざりしてしまう？　ジェファは、次こそはヨンギの名前から指を引っ込めないことができるだろうかと気になった。

ちょっと眠ったからか、それ以上眠れる気はしなかった。テーブルの前に腰をかけてゲラを直すことにした。「鶏もみじの窓辺にて」はジェファが書いた中では最もユーモラスな短編の一つで、その物語をいじっていれば、少しは気分が明るくなりそうだった。

唹紅《オホン》は松島《ソンド》で名の知れた妓生《キーセン》だった。麗しい容姿やずば抜けた歌や踊りで有名になったわけではない。ただ詩に優れた才能を持っており、松島で身分の高い男たちの間では、オホンと一編の詩をやりとりしてこそ一人前に文を語り得るという謂《いわ》れがあるほどだった。オホンは紙漉《かみす》き職人に特別なお願いをして薄紫色の紙を頼み、男たちに詩を送る際には、必ずその紙に詩を書いていた。そのために「薄紫の紙を受け取って

こそ真の松島ソンビ（学識が優れる上に、清廉で高潔な人）」という言葉が流行《はや》り出した。だから、静かに笑うという意味の「唹」という字ではなく、話すという意味の「語」で、オホンの名前を記しているのは、間違いというよりは、あだ名に近いと見ていいだろう。

その日の朝、オホンは松島を離れる決心を固めた。オホンは酔興楼《チフンル》でもっとも敬われている妓生で、何から何まで監視を受けるような立場ではなかった。逃げようと思えば、いつでも逃げることができた。しかし、これまでわが身の面倒を見てくれた酔興楼の「母」に、挨拶はちゃんとしていくことにした。

母はあまり驚かなかった。

「チェ・ギュジンについていくつもりか？」

オホンはうなずいた。

「ギュジンもついて来ていいと？」

まだギュジンは、そのようなことを言ってくれてはいなかった。向こうから言いにくいことは想像に難くないので、こちらから後を追うと告げるつもりだった。初めての辞令で辺鄙《へんぴ》な地に着任するギュジンの負担になるまいとためておいた財産もあったし、何よりギュジンへの愛情が深かった。

名が知られているわりに、オホンに恋心を抱く男は少なかった。身分の高い男たちにとってオホンは公共の財産のようなもので、抱きしめたい女というより象徴のような存在だったのだ。オホンもそのことをよく知っていた。オホンは歌わない。楽器の演奏にも長けていない。他の妓生が踊っている隣で、打楽器を少し叩くくらいだった。昔もオホンのような妓生がいなかったわけではなかった。たいがいは文才だけで有名になり一方的に想いをよせていた男のお墓につっぷして、そのまま凍死してしまったという。オホンはそういう前例に従いたくなかった。すでにあまりにも冷たくてつらい人生だった。

　間抜けな男どもとの詩のやりとりに飽き飽きしていた頃に現れたのが、ギュジンだった。未婚で、ヒゲもまともに生えていない幼い儒生《じゅせい》だった。首まで真っ赤にして、「オホンは月よりいとおしく、月より多彩な表情をみせてくれる」という下手な口説き文句を並べているところがたまらなくかわいかった。あの人と一緒にこの生を耐え抜いてみようかとも思った。

　ギュジンはいつも身だしなみをちゃんと整えていたのに、羽織っている衣服はすりきれていて、それを気の毒に思ったオホンは、涼やかな色合いのものを一枚、あつらえてやった。本当だったら自分のほうが衣装を作ってもらってもいいはずなのに、ご立派な純愛だこと、と妓生仲間からは冷やかされたが、それでも貴公子のような風貌のギュジンがこちらに振り向けば、思わず笑みがこぼれた。

「お金っていいものでしょ？」

冗談を言うと、ギュジンは顔を赤らめた。

「馬子にも衣装とか、少し婉曲な表現にしてもらえませんか」

羽織物に似合いの玉貫子（朝鮮時代、男性が頭に巻く帯の両側につけた小さなボタンのような環）をつけたギュジンの顔は、よりいっそう小さく、秀麗に映った。

「貫子がずいぶん大きく見えます」


何年かして立派な男に成長したギュジンは、同年代よりも早く科挙に合格し、ついこの前はすっかり大人びた顔で酒をあおっていた。

「辺鄙な山奥に……どう行けばいいやら、オホンなしにどう生きればいいやら」

オホンはちっとも上達していない琴を弾きながら、「照紅葉《てりもみじ》の窓辺にて」という自作の詩を歌った。遠く離れていてもつながっている心についての詩だった。同じ題目の詩が何編も伝えられているが、オホンの詩こそが絶唱だった。

雰囲気に酔って悲しい詩を歌ってしまったけれど、早くギュジンに薄紫の紙を送り、一緒についていくという気持ちを、ギュジンのためならこの華やかな松島を離れてもいいという気持ちを伝えなければならなかった。

同じ時間、チェ・ギュジンはオホンのそばを離れる決心を固めていた。親友のホ・ワンスに別れを告げる苦しみを打ち明けたところ、ワンスは、待っていましたとばかりにこう言い放った。

「これまで、あまりにオホンをかわいがっているようだったから、言えなかったのだがな……オホンは、誉高い妓生ではあるが、見目麗しいというわけじゃないだろう。美しくもないくせに少しばかり傲慢だと、つねづね思っていたんだ。男の誇りを、あんな紙切れ一枚で傷つけやがって。言ってしまえば、妓生などただの妓生なのだ。噂《うわさ》によれば、上級官僚だった伯父が失言をして親戚中に禍《わざわい》が及んだというのに、あれ一人が逃げ出して、妓生になったらしい。逆賊の家の出というわけだ。君の出世のためにも、今後は距離を取ったほうがよかろう」

ワンスがオホンから紫色の紙を受け取れなかったことを知っていたために、ギュジンは彼の言うことを話半分に聞き流していたが、さほど根も葉もない話ではなかった。何より、家からは婚儀を急かされていた。ギュジンは立派な家系の出自ではなく、次の赴任地も山奥中の山奥になるはずだった。オホンはそういう人生に耐え切れないだろう。適当に鈍く、針仕事が上手で、従順な女性を妻に迎えるべきだろうと思った。

「照紅葉の窓辺にて、永遠にオホンを思うなり。太陽に照りかがやいていない日にも思うなり。オホンと我の間には、この地より太陽までの距離が横たわりはするが、とはいえ恋《こ》うる心のみはつながっているなり」

いきなり訪ねてきては適当なことを並べ立てているギュジンを見て、オホンは呆気《あっけ》にとられてしまった。妻になりたいといっているわけでもなくすべての費用を自分で持ってついていくというのに、ギュジンがオホンを断ったのだ。

なんということだ。松島最高の詩才を断るだなんて。実はギュジンはあまり詩文に長けていなかった。オホンの男だということでいろいろなところで相手にしてもらえたわけで、オホンがいなければ無理な話だった。そんな青二才が、このオホンを断るだなんて。

それで最後にオホンは、恋人の首にしがみついてこのようにささやいた。

「もう一度生まれ直してください。この世では卑しい身分であるため傷ついた心をどうすることもできませんが、来世こそは妓生も、妓生よりも卑しい女も〈丹心〉を申す時代になっているでしょう。その時まで、私の歌は生き残り、あなたにつきまとうことでしょう」

チェ・ギュジンは、呪いのようなオホンの言葉に身をすくませて松島を離れた。その二年後、身をすくませたまま寒い山の陰を行き来するうちに、落馬して命を落とした。

それから二十世紀の末に、学歴考査（大学修学能力試験の前身。一九九三年まで行われた）の最後の世代として生まれ変わった。国語の論述問題を一問間違えてしまったせいで、人生がすっかりこじれてしまったのだが、その問題の正解は「照紅葉の窓辺にて」だった。魔が差したのか、「鶏もみじの窓辺にて」と書いて採点者を笑わせてしまった。この生徒は試験中に何を考えていたんだろう、と。

オホンも生まれ直したが、エンターテインメント業界では働かなかった。詩とも縁の遠い人生を過ごした。うんざりしてしまったのだろう。

しかし確かなことは、丹心を手にすることができた。

ジェファはゲラを閉じて考えた。やっぱり古風な話を書くのは楽しい。昔の人のように

「片心」とか「寸心」とか「丹心」といった言葉をつづるたびに、何かが胸のあたりにズーンと響いてくるような気がする。数千年もの間使われてきた、もしかしたらすでに色あせてしまった言葉かもしれないけれど、心を片とか寸とかで表現すると、板チョコを割るように心をパキッと割って分け与えることができるような気がするのだ。そうやって一世一代の心でも気負わず渡せる気がするのだ。

いつかヨンギに大好きだと告白したことがある。ヨンギはその言葉を、板チョコを受け取るように軽々と受け入れた。ジェファの心にはその割れ目に小さな粉が舞っていることにも気づかずに。

あんたは知らないよね。

丹心。うっすらとした赤色じゃなくて、左心室の赤色。最も致命的なところをかき割って見せるような真面目さがあった。その瞬間だけは、昔の人のように古典的な真面目さで向き合っていたのだ。だが、あのバカげたラグビー選手は少しも真面目ではなかった。何がそんなに深刻なのかと、ジェファを見て笑っていただけ。

心について語り、愛を語る際には、やはり真面目じゃないと、とジェファは遠くにいるヨンギに向けてつぶやいた。どこで誰を好きになろうと、慎重に愛を語るようにと。揮発しない言葉を選びに選んで、涼しいところで一度熟成させたうえで、肋骨や軟口蓋《なんこうがい》のような内密な部分をすべて通してから語らなければならないと。
それが無理なら、最初からやめちまえ。

巨大なさつまいもの夢を見た

ヨンギ

貯水タンクが大破した。高級住宅のセンサーが鳴り出して出動してみると、そこはまるで湖だった。応援要請をして駆けつけてくれた隊員たちもせっせと家具を外に運び出した。幸いにも、ほとんど運び終わったあとに天井が崩れ落ちた。ようやく外出先から帰ってきた家の主人は状況を理解した。とんだ騒ぎに驚いてはいたが、それより最悪な事態を免れたことに満足し、次の年も契約を更新することにした。実績とは別に、激しい肉体労働できつかった日だった。

彼女は刺身が食べたいと言った。しばらくシャワーを浴びて体を温めたけれど、水半分汗半分でぬれていた体からは、まだまだうっすらと寒気がして震えが止まらなかった。冷たい物を食べたい気分ではなかったが、彼女に合わせることにした。入社前は、三年に一

ヨンギ
巨大なさつまいもの夢を見た

度くらい風邪をひくことはあったが、いつからか季節ごとに一度はかかるようになった。免疫が底をついている。結局、絶対的年齢なんかより肝心なのは、勤続年数じゃないかという気がしてくる。スーパーボールみたいにエネルギッシュな彼女はいつになったらへとへとになって、二人の足並みが揃うようになるのだろうか。

「ねえねえ、あそこの魚見てみて。逆さまに泳いでてウケるんだけど。背泳ぎする魚は初めて見た。ちょっと、携帯貸して」

「あれは背泳ぎじゃなくて、死に際だからひっくり返ったみたいだけど」

「そっか、かわいそうに」

ヨンギは口の中が苦かった。食欲がわかず、ただただ温突《オンドル》の床に横たわりたかった。

「なんかさ、みんながオチョア、オチョアって言うから、韓国人だと思ったのね。苗字がオで、チョアっていう名前だと思って。でもある日ニュースを見たらメキシコ人のサッカー選手だっていうわけ。それでプロ野球のチュ・シンスもメキシコの人かペルー出身だろうと思ったの。マチュピチュみたいなところから来たんだろうとね。あとからずいぶん笑った」

「そっか、スポーツにも興味を持っとくといいよね。食べ終わったなら帰ろう」

焼酎を飲んでも苦い気持ちは消え去らず、それならいっそのこと、彼女に伝染《うつ》してやりたかった。意地悪というより予防接種のつもりで。背泳ぎする魚はいないし、オチョアやチュ・シンスのようなレベルになってようやくまともな人生を送れるようになるんだよ。俺は関節が壊れるまで水でずぶぬれになった家具を運ぶだろうし、君も筋肉痛で体がボロボロになるまで他の人にせっせとマッサージをするんだろうね。

彼女が何杯かの酒で酔ってしまったのか、足を踏み外した。ヨンギもなぜかイライラした。

「何センチのヒールを履いてるんだよ。そんなに高いものを履いたら、逆にヒールの高さを引いた君の背丈を計算しようとするって。高飛び選手でもあるまいし」

彼女は瞬きもしなかった。

「一日じゅう地味なスリッパを履いてるからかわいい靴を履きたいって気持ち、わからない？　ちょっと踏み外しただけでしょ？　ケガしたわけでもないのになんでイライラしてるの？　仕事が大変だから？　このごろ、あたしだってそこそこ稼いでるわけだし、その仕事辞めて転職したら？　友だちにヨンギさんの話すると、セキュリティの仕事じゃなきゃ虫の駆除の仕事かって勘違いするの。むしろそっちのほうがいいんじゃないの？」

「ただ俺は……家に帰って君と横になってたい。早く帰ろう」

朝から窓を締め切っていた家からは古くなった空気の匂いがした。ヨンギは彼女が窓を開けて明かりをつけようとするのを止めた。ヨンギの片手に彼女の両手首がすっぽり入ってきた。

二人は狭い家のあちこちに移りながら、長くてなんだか芝居のようなセックスをした。ヨンギは自分のことが才能のない俳優のように思えた。彼女は気づいていないようでも、気づいていながらつき合ってくれているようでもあった。空気を入れ替えると、ふたたび体が冷えて寒気がした。

「あたしたち、相性占いにでも行ってみる？」

「急にどうした？」

「こないだ友だちが狎鴎亭《アックジョン》で占ってもらったんだけど、四柱占いじゃなくて神占いだったって。そこで胃が悪いと言われたんだけど、あの時はちっとも痛いところがないから外れたって思ったんだって。それから一、二か月くらい経って、ほんとに胸焼けがして病院に行ってみると、なんとピロリ菌が見つかったの。すごいと思わない？」

「占い師がお腹の中のピロリ菌まで見通したわけか？」

「それくらいすごいって。だからあたしたちも占ってもらおうよ」

「それってよくある菌だからね」

彼女がわき腹をぎゅっとつねった。

「わかった、行けばいいんだろ？」

どろっとして気持ち悪い汗をかきながら眠りについた。腕枕をしたほうの腕がしびれて何度も目が覚めた。ヨンギは不思議な夢を見た。現役時代にも一度も立ったことのない大型スタジアムで試合をしていた。スタンドからの歓声で心臓が高鳴りはじめた。相手のタックルがしつこかったけれど、ヨンギも負けじと走り続けて、ようやく得点した。それからボールを見下ろすと、そこにはボールではなく巨大なさつまいもがあった。あっけにとられているヨンギにスタンドからヤジが飛んできた。船の汽笛のような揶揄《やゆ》のせいで呼吸困難になるほどだった。

大きく息を吸いながら目を開けてみると、夜明けの四時だった。腕から彼女の頭をそっと下ろして、体が火傷するほどのお湯でシャワーを浴びた。額にはみにくいほど血管が膨れ上がっている。

水気を取ろうとしてひざの下に新しい文字を見つけた。

「〈落馬して命を落とした〉……だと？　馬に乗ったこともないのにこれまたなんの話だろ」

しかし、別にそれ以上気にはならなかった。組織検査、血液検査、頭部ＣＴ検査、認知能力テストまですべて正常だった。もっと値段の高い検査は断ってしまった。

「だから落ち着かないんだよ」

洗濯カゴにタオルを投げ込みながらつぶやいた。落ち着くだなんて。なんと接着力の強い言葉だろう。ヨンギはふと考えた。心に留める、心奪われる、心を置く……ヨンギの語彙はあまり豊かではなかったが、心が「落ち着く」という言葉は、付箋《ふせん》よりもずっとずっと強い接着力が必要なように思えたのだ。

そのまま布団に入ろうとしたが、彼女に気づかれないように長袖、長ズボンに着替えてからボタンを首の下まできちんと留めた。

魚王子の伝説

ジェファ

会社にいる時が一番安全に思える。

社内のネットワークを再編するとかで、仕事がずいぶんと増えてしまった。物品コードを一から入力し直さなければならなかった。ジェファはそのような単純作業が好きだった。十六桁の数字を次から次へと打ち込んでいく作業には、電子レンジや洗濯機が回っているのを呆然と眺めている時のような魅力があった。意識がいくつもの層に分かれて、その隙間に気泡が生じる。表面的には仕事をしているけれど、もっと深いところでは物語が増殖しはじめていた。口にすると危険なキノコのモチっとした組織のように、ひそやかに育っていく。誰もジェファの効率の悪さに気がつかないのが不思議だった。もちろん業務量には支障を与えていなかったけれど。

女性が多い部署だ。高くない年収が理由だろうが、その特有の雰囲気が好きだった。誰か一人が突然デートにでも行くことになろうものなら、香水をかけてやったり、スカーフを貸したりして、シンデレラのネズミたちのように嬉々として世話をした。長編小説が書きたいのに会社員をやっているから書けない、と胸の内で嘆いていたが、実をいうと、ジェファは会社がそれなりに好きだった。

帰りの時間になると妙に胸騒ぎがした。また誰かが郵便をこっそり見ているわけではなかった。気になる物音もせず、物が散らかってもいなかった。むしろその静けさがかえってジェファをピリピリとさせた。

いつだったか、鍾路《チョンノ》の道端で悲鳴をあげたことがある。ジェファの目の前を歩いていた年寄りに覆いかぶさるように誰かが飛びこんできた時だ。金切り声のような悲鳴だった。しかし、もっと驚いたのはジェファの前の二人で、二人は道端で遭遇した友人どうしだったのだ。襲撃とは程遠く、年寄りどうしの嬉しいハグだった……。向こうからすれば、なんであのお嬢さんはわしらがハグをしただけであんな叫び声をあげるんだろうと思っただろうが、ジェファにも言い分はあった。いい歳をした大人どうしのハグにしては、あまりにも激しく、ふざけすぎだった。

堂山《タンサン》駅のエスカレーターでも同じような経験をした。上りのエスカレーターに乗っていたジェファは、向かい側の下りのエスカレーターで女の子が小さくて白い子犬を抱いているのを見た。マルチーズのようだった。しかし、女の子が隣にいる母らしき女性に子犬を渡すと、その女性が大きく口を開けて子犬にがぶりと噛みついたのだ……。びっくりしてもう一度目を凝らすと、マルチーズではなく大きな韓国式餃子《ワンマンドゥ》だった。どうしてワンマンドゥを子犬だと勘違いしたのかはわからない。女の子がワンマンドゥをまるで犬でもあるかのように大切に抱きかかえていたからかもしれないけれど、とにかくとんでもない見間違いだった。

乗り換えでよく利用する駅近くのショッピングモールで、時間をつぶして家に帰るのが日課となった。明るくて人の多いところにいたかった。

気に入ったキルトのハンドバッグをあれこれ手に取ってみて、たかがキルトバッグに何の意味があるのだろうと失笑してしまった。カバンの中の所持品が「私たちのご主人様は、とても思慮深いお方だわ」とほめたたえてくれるわけでもないだろうに。

仕事場で着られそうなファーベストも見た。いま流行りのフェイクファーを何着か羽織ってみたが、写真と違ってシベリアで捕ったばかりのトナカイの毛で身をくるんだかのような野性味が感じられた。狩人のようには見られたくなかった。店内をもっと見回すうちに、ぱっと見でもフェイクだとわかるカラフルなベストを見つけて羽織ってみたが、今度は珍鳥の羽根を身につけた霊媒師のように見えた。ヤツガシラの羽根だと誤解されたくなくて、それもそっと戻しておいた。

買い物好きでもないくせに、あちこちをぶらぶらするのは楽しいことではない。ソニからもっと一緒にいると言われたとき、素直に言葉に甘えればよかったとジェファは後悔した。だが、締め切り間際のソニに申し訳なさすぎて、どうしてもそれ以上頼ることができなかった。

ソニはソニで気になったらしく、仕事の合間に暇さえあれば電話を寄こしてくれた。

「人間、こんなふうに暮らしちゃいけないと思うわ。えいっ、やめてしまえ、って気持ちと、何が何でも耐えて常識のある上司になるんだって気持ちが、一日に何回も入れ替わるのよ。そっちもこのごろ改編しまくってるって?」

「まあね、訳もわからないし、めちゃくちゃだよ。他の会社は下請けに回してることを、ここは直接雇用でやろうとしてるからまだ我慢できるけど」

「そっか。やだー、チームリーダーがもう夕食から帰ってきちゃった。もうちょっとゆっくりしてきてくれよ。家帰ったらまたメールしてね」

「ソニさんも」

「あたしはたぶん今日もらくらくベッドだよ」

「簡易ベッドのない会社に転職しな」

「あんなもん、あたしが全部なくしてやるから」

電話を切ってみると、いつの間にかかすかな笑みを浮かべていた。ソニがいるし、他の同僚たちもいるから何もかもよくなるだろうと。

電話をしながらなんとなく足を向けたメンズコーナーで、素敵なローファーとブレザーを見かけたが、誰ひとり思い浮かんでこなかった。まあ、物を見てからそこに誰かを当てはめるだなんてバカげたことだ。いつもソニがヨンギのことをからかっていたのを思い出した。「服がダサい人とはつき合えても、服がダサくて我の強い男とはつき合えないというヤツの典型だね」とヨンギにケチをつけていたソニは、どうしてそんなに同時代の名言をよく知っているのだろう。真剣に選んでプレゼントしていたのに使われなかった品々は、今どこにあるのだろう。そんなことは忘れようと努めながら、方向を変えて歩き出した。

遅すぎない時間に帰ってきて、背中から伝わるゾクゾク感に気づかないふりをしながら急いでドアにカギをかけた。疲れに打ち勝とうと、六粒くらいサプリメントを飲み込んだが、効果はあまり感じられなかった。何よりも眠りが浅くなったのがつらかった。八時間は寝ないと頭が回らないというのに、四、五時間以上眠ることができなかった。仕事中にミスをしたらどうしようと心配になったが、一度目が覚めてしまったらそれで終わりだった。

出勤時間を待ちながら、「魚王子の伝説」に手を入れた。目標は催促の電話を受けないことだった。


少年のえら模様の入れ墨は、まだ傷が治らず赤みを帯びていた。傷口が炎症を起こさないように軟膏《なんこう》を塗っておいたが、傷が落ち着くまでにはかなり時間がかかりそうだった。耳の後ろからあごに沿って刻まれるえらの入れ墨は、オアシスの伝統であり、十四歳の成人式を終えてから得られる標識だった。

「それ、いくら見てもおかしいよ」

少女がにんまり笑って少年をからかったが、少年は聞き流すことにした。子どもの頃から待ちに待った儀式で、傷さえ治れば素敵な模様になりそうだと満足していた。そもそも外地人の少女は、この入れ墨の意味をまともに理解することはできないだろう。外地人は魚王子を信じていなかったから。

「魚王子の時代が来れば、この砂漠が水で溢れ出すって？　王子の民はあらかじめえらを刻むべきだって？　ほんとにそんなことを信じてるわけ？」

少女は少年からの返事がなくても話し続けた。少年が少女に耐えているのは、二人がこのオアシスで唯一の友だちだったから。少年からすれば外地人のほうがなんとも言えないくらい不思議だった。彼らはオアシスに着くや、小さな魚を捕って食べ、紛争を起こした。オアシスの人たちは魚を食べてはいけないという禁忌《きんき》をしっかり守り、外地人にも守らせた。

「さしておいしくもない、生臭い魚にすっごくうるさくてさ。骨がやたらと多かったよ。たかだかあの程度のものを食べさせないために、ラクダを何頭つぶすことになったか」

「預言者が言ったんだ。魚王子は必ず来ると。魚王子を見た瞬間、土と砂の罪はすべて消え去るって。魚を捕って食べたおまえの部族は許されないだろうけど」

「まさかあの魚の中の一匹が魚王子になるとか？　ああ、仮に来るとしよう。じゃあ、この砂漠でどうやって息をするの？　足はあるって？　それともひれで歩くって？　何ひとつ理にかなわないでしょ？　大人たちの話を素直に聞きすぎちゃだめ」

二人の言い争いは日が沈むまで続くに違いない。地平線を眺めること、少しずつ移動している砂の丘を測定すること、ラクダにいたずらをすることしか遊びがないオアシスの子どもたちだから、しかたのないことだった。

「俺たちがそんなにくだらなく見えるなら、ここを離れればいいだろ？　少しだけいさせてほしいと言ってたくせに、もう何年だよ」

少年は入れ墨を入れたところがチクチクするし火照るしで、ついにこらえることができずにかっとなってしまった。

「あんたたちが好きでいるわけじゃないもん。道が閉ざされたせいでここにいるだけよ。道が開ければ、私たちはまた路上暮らしをするつもり」

流浪する少女の部族が、さすらうことを止めてからかなりの時間が経っていた。このオアシスからあのオアシスへと渡り歩きながら商売をしている人たちだが、このところテントの杭を深く打ち込まなければならなかった。ほとんどのオアシスから水が枯れはじめていた。砂漠が内側から死に向かっている。砂漠の外側にいる人間には理解できないだろうが、砂漠は砂漠なりの生命力があった。なのに、何もかもがとんでもない早さで枯渇していく。少女の内側で放浪者の気質がじわじわと動き出したが、もはや砂漠は旅のできる場所ではなくなっていた。

少年の父は、村で最も優れた器作りの匠《たくみ》だった。三日間歩き続ければたどり着くことのできる山で、なんと五十尺の地下から粘土を掘り出した。その粘土が乾かないように貴重なオアシスの水でぬらした布を被せ、運搬する最中にもかなりの神経を使った。

「このごろは粘土があんまりだ。この世はどうなっていくんだろう」

何かに精通すれば、ほんの小さな兆候だけで大きな世界を見通すことができるらしい。父は粘土をこねながら心細そうにしていた。オアシスの水で器を作れば、赤い器になり、二週間ほど歩き続けたところにある海の水で作ると、白い器になるという。

村は赤い器で有名だったけれど、少年は行ったことのない海の水が混ざっているという白い器に、ちょっぴり魅了されていた。


夏至に祭りが行われた。

オアシスの村人たちも、村の外を囲んでいる流浪テントの人たちも、みんなで楽しく飲み食いした。あちこちを回りながら食べ物を頬ばっている少女を見て、少年は首を振った。少女の手も、服も、タレと灰ですっかり汚れていた。

二人より何歳か年上の若者たちが、器を積み上げる踊りをはじめた。頭の上に一つ、二つ、三つ、中には五つ、六つ積み上げる人たちもいた。積み上げられる器の数だけ子どもをもうけることができるらしいが、どうするつもりなのだろうと心配になるほどだった。しかしもはや砂漠では子どもがあまり生まれてこなかった。子どもたちが昔のように生まれていれば、あんな口の周りが汚い女の子と遊ばなくてもいいだろうに……。少年は心の中でブツブツと文句を言った。

「さあ、これから青い筆を持って、扉の魚の絵を描き直そう」

「今年もよろしくお願いします」

すべての家の扉に、魚の絵が描き直された。砂の風で消されてしまった青い鱗が蘇った。

「われわれのテントにも描くべきだろうか」

流浪民たちがおどけて言った。

「描き終わったら、また飲み続けてくれ。あのオアシスからお酒がわいてくればいいんだがなあ」

えらを手に入れて大人になった少年も酒を受け取った。

「傷が炎症を起こしたらどうする？　大丈夫かい？」

「大丈夫です。飲めますから」

向こう側から少女がバカバカしいと言わんばかりに、左の口角をあげて笑った。お腹が満たされて、次はケンカを売りたくなった様子だった。

いつもなら節約しろとうるさく言われるバターランプを、今日は誰ひとり節約していなかった。空の星座を移しておいたかのように、ランプが点々と燃え上がっている。圧巻の風景だった。胸の内の不安を隠している人たちの祭りが、他よりも恍惚《こうこつ》としているのはどうしてだろうか。

見慣れない服を着込んだ三、四人の軍人が現れたのは、祭りの最後の日だった。道に迷っている様子で、言葉は通じなかった。少女の母が子どもの頃に軍人の鎧《よろい》に刻まれた紋章を見たことがあるそうで、三か月ほど歩いたところにある東の国の人たちだと言った。砂漠で金属の鎧をつけていたなんて。死ななかったのが奇跡だった。親切な村人たちは、彼らに食料を与え、水筒に水を入れてやり、次のオアシスまでの地図も書いてやった。

「次に来る時はそっちの特産品もちょっと持ってきてくれるかい?」

村人が冗談を言ったが、軍人には理解してもらえなかったようだった。軍人たちが帰った後、村人たちはあっさりと彼らを忘れてしまった。あまり記憶するほどのこともなかった。

半年後、きらきら輝く鎧たちがオアシスを囲い込んだ。軍人たちの王がオアシスをほしがっていると言った。砂漠に滝があるとはなんと素晴らしいことかと、宮殿を建てるつもりだと。工事に協力するか、あるいはここを離れるようにと言った。

少女の部族はただちに荷物をまとめ、少年の部族は戦いの準備をはじめた。

「戦うつもりなの？　相手になると思ってる？　砂漠も、砂漠の外も全部王のものなんだって。そんな大国に立ち向かって、どうするつもりよ。魚王子が来る前に全滅するでしょうよ」

「砂漠で生きるためには信念が必要なんだ。俺たちは砂漠をあんな奴らに奪われたくない。外地人なんかとっとと行ってしまえ」

少年は堂々としたえらを見せて背を向けた。もう二度と少女に会うことはないだろう。すっきりとしたが、と同時にどこかが釈然としなかった。

少女は静かに、少年が村の方に向かうのを見守り、こっそりとこん棒を持ち上げた。それから要領よく少年のうなじを殴りつけた。少年は悲鳴を上げることもできずに倒れてしまった。少女はそれほど重くない少年の足首をつかんで引きずり、ラクダの背中に少年を縛りつけた。

「ごめん。あんたのお母さんに頼まれてるから」

初めて少年に謝罪をした。

三日ほどラクダの背中で悲鳴を上げまくり、悪態という悪態を吐き続けた。オアシスが燃えていることは知っている。見なくたってわかる。遠くへ遠くへと離れても鮮明に感じることができた。傷がすっかり治っているえらの入れ墨が、まだ治っていないかのように、辛い煙を吸ってしまったかのように、痛かった。赤い器があれもこれも割れていく音がした。何個かしかない白い器もまともに残されてはいないはずだった。

少年が静かになると、みんなは縄を解いてやろうとした。しかし少女が断固として断った。きっぱりと引き止めた。

「絶対に許さないからな」

少年がラクダの背中に縛りつけられたまま、少女をにらみつけた。

「勝手にして」

少女は少年を嘲笑いながら水筒をゆずってやった。少年はそれが最後に飲むことができるオアシスの水だということに気づき、黙って水筒を受け取った。砂漠の端を通り過ぎていた。

少女が少年を放してやったのは、遠くに海が見えてきた頃だった。この州《す》に来たんだ。あれが一度も見たことのなかった海なんだ。父と一緒に水を汲みに来たかったのに。少年はずっと海を水でできた砂漠だろうと思っていたが、全然違った。砂漠より何もかもが素早かった。波のうねりを目で追うことさえ大変だった。少年はラクダの背中で逆さにぶら下がっていた時でさえ平気だったのに、海を見ていると吐き気がした。しかし、あごを固く締めて何も戻そうとしなかった。最後のオアシスの水を吐くわけにはいかなかった。

海が見下ろせる高台にテントを張った。少女はあっという間に慣れ、すっかり流浪民らしくなった。少年は一向に馴染むことができなかった。いまや少年が外地人だった。誰もえらを持っていなかったし、食事の時はいつも魚が出てきた。少女の親がせんべいや木の実などを少年だけに用意してくれたが、少しも食欲がわかなかった。鼻の先が潮風で荒れていた。

少女はしばらく少年の近くをうろうろした。少女なりに気をつかっていたのだが、少年はたいして反応を見せず、そのうちあきらめて網を作るのに没頭した。少女は網作りにかなりの才能があるようだった。

「海の魚のほうがずっとおいしい。あんたもそのこだわりを捨てて、そのうち食べるようになるはずよ」

少年は少女の誘いを断った。

いつか素敵な器を作る匠になりたかった。赤い器でも白い器でも気にせず素敵なものを作り、すべてのオアシスが少年の作った器で溢れかえる夢を見ていた。村の自慢になりたかった。器の底には小さな魚の模様を刻もうとした。

みんなが眠ったあとに、少年は海岸に降りていった。急勾配だった。足元で砂利が鳴った。砂利だなんて。こんなにゴツゴツトゲトゲとして、足の裏を痛めるだなんて。故郷の柔らかい砂が思い出された。昼間は熱く、夜は冷え込むが、いつも変わらず柔らかかった砂。その砂に埋もれてゆっくり砂漠をさまよっているはずの昔の人々はどんなに幸せなのか。

少年は海の水に手をつけてその手をなめてみた。こんな塩水なんかが、なんでそんなに気になったんだろうと虚しい気持ちになった。ゆっくりと海の中へ入っていった。胸の内でいつか作ることができたかもしれない、実在しない器たちが一気に割れる音が聞こえた。塩水でえらの入れ墨がチクチクと浮き上がりそうだった。それでも歩き続けた。

「バカ、どこに行くの？」

いつ追いかけてきたのか、海辺で少女が大声で叫んだ。ジャブジャブと少年を追いかける音が聞こえてきた。少年はもっと早く、もっと深く、海へ入っていった。

「あの入れ墨があるからって、水中で息ができるわけじゃないでしょう？　早く戻ってってば」

少年が少し後ろを振り返った。

「ごめんね」

それは少年から少女への初めての謝罪だった。少女は海に何度も何度も打ち返された。少年のえらの入れ墨がすっかり水に沈んだ。

少年が完全に沈んでいった。

少女が泣きながら急な坂を登り、戻っていった時だった。少年が沈んでいった場所に、砂漠よりも大きな波が立った。まだみんな眠っている夜で、少女だけがその光景を見ることができた。見たことのない巨大な波が砂漠に向かっていく光景を。

砂漠は海になり、消えていった少年は、いまでは魚王子と呼ばれるという。

ヨンギ

五発入りのロシアン・ルーレットのように

「なんなの？　なめないでちゃんと打ってよ！」

ソニがラケットを振りながら声を張った。別になめているわけではなかったヨンギは、言葉が出なかった。コートが見つからないほどスカッシュが下火になったこのご時世に、わざわざスカッシュがしたいというからしかたなくついてきただけだし、ラケットでするスポーツにはなかなか慣れなかった。

「ソニさん、ほどほどにしようよ。家の近くでバドミントンやってるみたいな感じじゃ気が済まない？　俺ってひざがダメになってるのに、ひじまで壊れたらどうすんだよ」

「何言ってるの。ドラマでやってるの見たことないの？　スカッシュは一回一回強く打ち返さなくちゃ」

「ちゃんと考えて。ドラマで主人公がスカッシュする時は、ずる賢い叔父に会社を奪われてむかつくあまりその怒りを吐き出すためだったり……あとは恋敵どうしで微妙に張り合いながらやってるときなんだよ。必ず一人が歯を食いしばって床に倒れていて、もう片っ方は倒れている方を軽蔑しながら見下ろす場面で終わるんだよ。ソニさんと俺は、違うだろ？」

「……たしかに、ボールを打っていて、とつぜん泣きながら壁に叩きつけるよね。言えてるかも」

ソニは頭では理解しているようなことを言いつつもスカッシュをやり続けた。ヨンギはへとへとになってしまった。ソニの肩はヨンギよりも締まっているように見えた。

「結婚式があるから肩を鍛えてるの？　もうそれくらいでいいんじゃない？」

「いや、あたしにはもっと壮大な計画があるんだからね。基礎代謝量を上げて、歳を取ってからも好きなだけ食べたいわけ。そのためにはいま体を作っておかないと」

ソニがさっと腕を上げて上腕二頭筋と上腕三頭筋、それから三角筋を自慢した。

「立派なご計画ですな」

「あんたも健康に気をつけてね。スポーツ選手だったからって、おごっちゃだめ。彼女も若いんだし。長生きしないと」

その言葉に、ヨンギはうっかり顔を曇らせてしまった。ソニがそれを見逃すはずはなかった。

「どうした？　最近彼女とうまくいってないの？」

「いや、なんでもない……ソニさんは彼氏のことでイヤだなあ、ってなることはない？」

「あるよ。料理が下手すぎるの。このご時世にあそこまで下手だなんて」

「あまりやったことがないからだろ？」

「それが料理はよくやってるの。だから困ってるわけ。五発入りのロシアン・ルーレットをやってるみたい。六回料理をすれば、一回くらい食べられそうなものが出てくるからね。ああああああ、あたしも生きていけるくらいの料理しかできないのに、もう無理」

「ごはんは会社で済ませて。それに限るよ」

「だよね。どうせ二人とも会社で暮らしてるも同然なんだし。あんたは若い恋人にやさしくしなくちゃ。何にそんなに耐えられないわけ？」

「なんでもうまくいくと思ってること。いや、本当は自分のことが気にくわないのかもしれないけど。なんでもうまくいくと思っているあの子の横で、斜に構えている俺が」

「え？　あんたってそういう性格だったっけ？　それともケガのショックが大きすぎた？」

「仕事で……いろんなことを見すぎたんだろう。夜勤をしてると、この世の壊れているところが見えすぎて。まざまざとはっきり、見せつけられてる」

ソニは同調する表情になり、ヨンギの汗まみれになった背中を慰めるように叩いてくれた。


二人はシャワーを浴びたあと、もやしクッパを食べにいった。

「看板におばあさんの写真がある店がおいしいんだよ。どんなメニューでもね」

ヨンギはソニが店を選べるようにそっとしておいた。本当におばあさんの写真があったからかもしれないけれど、確かにおいしかった。もやししか入っていないのに、スープから深い味が出ていて、もやしは臭みがなく柔らかかった。

「ジェファがストーカー被害に遭ってるみたい」

なんでもないことのように、ソニが言った。

「しつこい奴?」

「もう落ち着いてるみたいだけど……よくわかんない」

「通報しろと言っといて。警察官によって対応の仕方もいろいろだけど、それでも通報はしたほうがいい」

「そうね。いまはまだ、誰かに郵便物を開けられてるくらいの証拠しかないみたいで。今度また何かあったら通報しなくちゃね。まあ、あんたも知っといたほうがいいかなと思って」

「俺が知ってどうするの？　心配ではあるけど、何かやってあげられる関係でもないんだし」

「なんとなく」

「なんだよ」

「はいはい、あんたは全部忘れていいから、いまの彼女にはやさしくしてあげてね。あんたって自分のことで頭がいっぱいになったらすぐ周りに迷惑をかけるタイプだから。心配すぎる」

「ソニさんが俺のこと一番よく知ってるよね」

「知りたくないけどね。どこにも役に立たない情報だから。そういえば、そろそろ昇進してもおかしくないよね？」

「もうしたけど、やっかいだよ……」

「ヨンギ、抱負を持て。志は高く！　わかった？」

「抱負もなにも」

「ほら、『抱負』は、意気込んでフォウフとFで発音しなくちゃ。ホウフじゃダメよ。Hだと覇気が感じられない、覇気が」

「英語もできないくせにどうしたんだよ。さっさと食べて帰ろう」

店から出ると、白い息が出た。吸い込んだ空気がきれいだった。空を見上げると、そこには初めて見るような空があった。まるでヨンギの目では見られないところで、何かが変わっているようだった。変わっていなければ、困る。ヨンギは遠くからはじまった変化が、連鎖反応を起こしてくることを願いながら、しばらくじっと立っていた。

家に帰ってひげをそっていると、首とあごの間にできた新しい文字が目に入った。〈少年のえらの入れ墨がすっかり水に沈んだ〉。ヨンギはどうってことないかのように無視した。変わるだろう。このまま続くはずはない。いい方にでも悪い方にでもとにかく変わるだろう。次のステップがあるのだろう。あせりたくなかったし、すべてを予感に任せておきたかった。

ヨンギが予感できなかったのは、その日、彼女がドアロックを開けて部屋に入り、裸のまま眠っているヨンギをしばらく眺めてから帰ったことだった。びっくりさせようと訪ねたのだが、ヨンギがあまりにも深く眠っていたうえに、ふと彼氏の裸を見るのが久しぶりだということに気づいたのだ。それで小さくても非常に効率よく動く指でヨンギの体のあちこちを確かめ、当然のように増えている文字を見つけた。すぐに声を上げてヨンギを起こしたかったが、その代わりに落ち着いてスマホを取り出し、メモをした。かなり時間がかかったけれど、ヨンギは目覚めそうになかった。平然とした顔で寝ているヨンギが憎らしかった。

「ばかやろう」

そう小さく吐き捨てて、彼女は立ち上がった。

ジェファ

航海士、船長になる

ゲラの冒頭だけを受け取ったスンジュから電話がかかってきた。

「何これ、残りは？」

すかさず謝罪の弁を述べようとしたその時、スンジュがつけ加えた。

「いや、もうゆっくり確認していいよ。他の人たちは早く本を出してくれってうるさいから、君の順番をゆずればいいだけだし。でもさ、あらためて冒頭を読みながら思ったんだけど、なんでそんなに冷たい心で絶望についての話を書いてるんだ？」

ジェファは会社の廊下にいることを忘れて、思わずゲラゲラと笑ってしまった。

「そんなことないですよ。私は熱い心で、愛について書いていると固く信じてますから」

「熱い心だって？」

「絶望かあ。私って絶望について書いてるんだ」

「いいことさ。死んでも男は女ほどには絶望について書けないんだから。むしろそれを特技として生かしていけばいいよ」

「売れなかったら、ほんとにごめんなさい」

「そんなことはいいって。デビュー作から売れる新人なんてそういないから」

「次がないかもと思うと、怖いんです」

「それでスピードが出ないのか。それでももうちょっとがんばってみて」

「わかりました。一緒に仕事する相手を苦しませちゃいけないから」

話を終えると、またすぐにかかってきた電話になんとなく出た。スンジュがかけ直してきたのだと思ったから。

携帯の向こうからザーザーという雑音が聞こえてきた。もしもし、と言っても返事がなく、画面には発信番号が表示されていなかった。

「……すぐ」

それだけだった。誰かがすぐ、とだけ言い残して、電話を切ったのだ。返事をする余裕もなかった。

すぐ何？

すぐやってくる？

すぐ殺す？

すぐ爆発させる？

いったい、すぐ、何をするつもりなの？　携帯を落としそうになった。「すぐ」じゃなかったかもしれないし、単なる聞き間違いかもしれないし、そもそも雑音でしかなかったのかもしれない。神経が尖っているから意味のない音に、意味を見出そうとしたに違いない。

幸い、久しぶりに実家に帰ることにした日のことだった。


もともとジェファの部屋だったところは、いとこのヒョンジュンが使っている。彼の通っている大学が実家に近いからだったが、そんなことより夫婦仲が悪い叔父と叔母のもとを離れて暮らせるようにするための母なりの計算があった。ジェファも何度か叔父と叔母の夫婦げんかを目撃して、小柄な叔母がベランダの強化ガラスを割るのに恐怖を覚えたことがある。少しもひるむことなく、何度も何度も問題を起こしてばかりいる叔父も叔父だった。ヒョンジュンとは歳も離れているし、そういう環境で無口な性格に育ったこともあり、もともとそんなに仲の良い間柄ではなかった。ジェファはいつも母がヒョンジュンに馴れ馴れしく接しているのが不思議でならなかった。

「あんまり調子に乗るんじゃないよ、気をつけてね！」

今日もジェファの母は、出かけようとする甥っ子の背中に向かって、声を張っていた。母方ではなく父方の甥っ子なのに、なんとフランクなことか。母のそんな姿を見るたびに、ジェファは母の気質を受け継げなかったことを残念に思った。

「ヒョンジュンはどう？」

「帰りも早いし、やさしいし、問題ないよ」

「私が家に来てたら迷惑じゃないかな」

「何よ。あんたは部屋にこもって本ばかり読んで過ごすくせに。迷惑になることなんかないでしょ」

すっかり大きくなったいとこは、ちょっと目があうとすぐに目線をそらした。ヒョンジュンには、誰もがぎこちないやさしさを見せていて、ジェファも同じだった。ぞっとするような境遇に置かれていることを知っていながらも、誰ひとり何もやってあげられなかった時期があったから。もしかしたらヒョンジュンの内面も私と同じくらいぐちゃぐちゃな状態なのかもしれない、とジェファは考えた。意外と似たところが多いのかもしれないと。自分はぐちゃぐちゃになった心を文章を書くことで発散するとして、ヒョンジュンはいったいどのように解消しているのだろう。

「引っ越そうかなと思うんだけど」

ジェファがふと切り出した。

「なんで？　部屋が寒いの？」

心配そうな母の返事に、ストーカーがいるようだとは言えなかった。

「そう、壁が薄すぎて寒いの。隙間風がものすごいんだからね」

「古いアパートってそういうとこだよ。頑丈なマンションを借りたらよかったのに」

「私の稼ぎじゃ無理だよ」

「ごめんね。まともな部屋も借りてあげられなくって」

「何言ってるの。そういう話じゃないでしょ？　部屋のことはいいから、使ってない電気毛布があればちょうだい」

するといと、突然母が目を光らせた。

「布団の中に夫がいれば、ちっとも寒くないよ」

「そうやって、『布団一枚買えばいい』みたいな言い方で誘っても無駄だからね」

「ちぇっ、電気毛布二枚あげるから」

「一枚は敷いて、もう一枚は被ってってこと？　ワッフルメーカーじゃないんだし、一枚あればじゅうぶん」

「つき合ってる人はいないの?」

ジェファは実家に帰ったのが間違いだった、と遅ればせながら気づいた。さらなるストレスを受けようと思って帰ってきたわけじゃないのに。

「お見合いの相手を血まみれにする小説がネットのポータルサイトに掲載されてるんだから、お見合いなんかできるはずないよね」

「あれは小説なんだし……」

状況が好転していると思ったら、山から帰ってきた父の合流で、ジェファは二度と抜け出すことのできない沼にハマってしまった。二人の気を散らせてくれるヒョンジュンは帰ってこない。二人にジェファをそっとしておくつもりはなさそうだった。

「もうちょっとシンプルな生き方もあるよ。なんでそんな難しい道ばかり選ぶわけ? シンプルで平凡に生きてるのを見ると、幸せそうだと思わない?」

「誰が幸せで、幸せじゃないかなんて、見てるだけじゃわからないでしょ?」

「またそんな難しいことを。自分の娘なんだがとてもねえ……。今日一緒に山に行った友だちは、孫娘の写真だと言って携帯の待ち受けやら動画やら見せてくるのに、俺だけ何も見せるものがないんだよ。おまえのせいで、俺はこんなに虚しい老後を過ごしてる」

「お父さんの老後は、お父さんが自分で責任取ってね。人のせいにしないで」

「結婚……はしなくていいけど、子どもは一人産んだらどう？　楽しいよ」

母が割りこむと、父の目がまん丸になった。

「お母さん、変なこと言うなよ。そうでなくても、へんてこな子になんてことを」

「お父さんに出会ったのは後悔してるけど、ジェファを産んだのは後悔してないから。このごろは、人間の寿命が無駄に長くなってて、運が悪いと、一人の人と百年生きていかなくちゃならないからね。夫なんて、いくら考えても要らないのよ」

「なんだって？　ジェファはお母さんに似たせいであんな感じなんだぞ」

いいぞ、話がそれろ、それろ、それろ、とジェファは心の中で願い続けた。

「どっかで子どもをつくってきたら、私が一緒に子育てもして、養育費も援助してあげるから」

「子どもをつくるときに今はまだ二人必要だってば。お母さん、あきらめて」

「まあまあ丈夫そうで、あんまり性格が悪くない人を選んでみなよ。うん？　何とかならない？　頭がいい必要もないから。頭がいい子って育てるの大変だし。なんでもかんでも疑問に思うのよ。あんたって四歳の時からずっとそうだったからね。お母さんの話をずっと疑ったりして。大柄で名前がおもしろかったあの子とは、もう連絡も取ってないの？」

「ないない。誰ともつき合わないつもりだし、この終わってる世界で本を読んだり、書いたりしながら、静かに死んでいくつもりだから」

「そんな斜に構えていて、何が書けるんだ！」

ついに父が爆発した。

「斜に構えているから書けるんだよ。私が書いてるのはすべてアポカリプス小説だってば。読んだことないでしょ？」

続いて母も爆発した。父は中国の古代史から経済学の原理まで引っ張り出して、延々と小言を続けた。ジェファもときどき反撃を試みるも、全部に言い返すことができずに、父の小言が終わった頃には心がすっかり白く燃えつきてしまった。次の休暇まで絶対に来るまいと腹をくくって庭に出た。


毛布を体に巻きつけてアウトドアチェアに座ったまま、手入れをあきらめてしまったような庭を不満げに眺めていた。親の言い分も理解はできる。みにくいアヒルの子のような娘だって一生懸命育てれば、いつかは白鳥になると信じ込んでいたのに、始祖鳥か迦楼羅《かるら》のような、わけのわからない奇妙な生き物に育ってしまったのだから。だが、なんでもかんでも親の承認が必要だったレールからはずっと前に外れているのだし、もう二度と戻りたくもなかった。

すっかり酔いが回っているヒョンジュンが、階段の下からジェファを見上げていた。ビールの入った袋を片手にぶら下げて、家に入ろうとしているところだった。

「姉ちゃん、寒いのになんで庭に出てるの？」

子どもの頃のように親しげなヒョンジュンの言葉に、ジェファは少しびっくりした。ヒョンジュンは隣の椅子に腰を下ろして、缶ビールを一つ手渡してくれた。路地の入り口にあるスーパーで買ったばかりなのか、ビールはまだ冷えていた。

「飲み足りなくて買ってきたの？」

「ああ、ちょっとだけね」

「おつまみは？」

「お金がないからさ」

ジェファが家の中からクラッカーを少し見つけてきた。

「姉ちゃんが書いた小説、いくつか読んだよ」

「わざわざ探して？」

「学校の図書館に雑誌がいっぱいあるから」

面白かった、とヒョンジュンはつけ加えた。酔っ払うと親しく話せるタイプのようだった。

「冬休みには何するつもり？」

「アルバイトかな。去年みたいにスキー場でやってみようかなと」

「へえ、スキー場か。最近は全然行ってないなあ。だけど私、スキー場のファンタジーがあるのよ」

「スキー場のファンタジーって？」

　ジェファは顔が赤くほてってっているのを感じた。心が落ち着いてきて、いつも距離を感じているいとこに、ちょっとだけ心を打ち明けたくなる気持ちになった。

「何人かとスキー場に行くの。それからみんなが楽しくわいわい遊んでいるうちに、彼氏とだけそっと抜け出して、リゾートの中を散歩する。ファーの帽子とダウンは必須ね。でも手袋はしない。冷えた手をぎゅっと握りしめて、お互いの体温で温めるの。そんなロマンがあるんだよね。白く輝いてるスロープに、夜間スキーを楽しんでる人がいて、音楽が大音量で流れて……夜中まで一生懸命だねえ、とか話しながら、二人でゆっくり歩きまわるの。何でもないことだけど、いつかやってみたいなあと思って。小さいといえば小さいし、細かすぎるといえば細かすぎるよね」

「俺が働いてるところに来たら、見ないふりしてあげるよ」

「ありがとう」

二人は寒さに耐えながらもう少しビールを飲んだ。髪の毛に隠れてよく見えなかったけれど、ヒョンジュンの耳にピアスがちらっと輝いた。ジェファは思わず手を伸ばして、ピアスを何回か回しながら締めつけるようなふりをした。

「ネジが緩まないようにがんばって。私にはそれが難しかったけど」

「うん。ソウルに行ったら姉ちゃんのところに寄るから」

「いつでも来て」

だがジェファは、ヒョンジュンは来ないだろうと思った。親しみに満ちた夜はまもなく過ぎていき、朝にはすっかりよそよそしさを取り戻すだろうから。

がらんとしたゲストルームに、ジェファが昔使っていたマットレスが置いてあった。古いマットレスにうつぶせになって、酔いの力を借りてゲラを読み進めることができるのでは？　という期待とともに、紙の束を取り出した。

船長は困った顔で航海士を見つめた。

「まったく違う座標にワープするとは、どういうことだ」

航海士は怒鳴られながらも、なんの返事もすることができなかった。今年だけで二回目だった。クルーズが危険なところに迷い込んで避けがたい事故になったかもしれない。幸い、そんな結果にはならなかった。宇宙が広々としているのが、こういう時は役に立った。

「同じようなことがくり返されれば、ワープエンジンが壊れているか、航海士が壊れているか、そのどちらかの可能性を考えねばならない。エンジンを交換して三年しか経ってないのは、君も承知の上だろ」

乗客の命を脅かし、クルーズ会社の信用を損なっているわけなので、もっときつく言われてもおかしくなかっただろう。だが、船長はそのへんで話を止めた。航海士は、船長の親友の子どもだ。小さい頃からの成長を見守ってきた間柄で、心が弱くなってしまった。秀才と噂され、大宇宙第一大学に入学したという話を耳にした時も、大学を飛び級で卒業し、大学院に進学するという話を聞いた時も、そうなのかと思った。そのため、指導教授の胸ぐらをつかむという騒ぎを起こし、退学させられたという話が聞こえてきた時は、衝撃を受けた。あれほど冷静な性格だったのに。宇宙は広くても学会は狭いため、別の大学に入り直すことはできなかった。家で憂うつに過ごしていると聞きつけて就職させてやったのに、結果はふるわなかった。物理学の専攻だから、簡単な座標くらいはあっさり計算できると思ったのに。船長は当時の選択を振り返りながら、後悔の表情を隠そうと背を向けた。

　航海士は三日もワープしないで自動航海に任せたまま、部屋に閉じこもっていた。小規模観光船を操縦することさえおぼつかないのだから、社会不適合者だと言われても返す言葉はなかった。どこで計算を間違えてしまったのか何度も見直しても、ミスは発見できず、そんな自分がしょうもなく思えてならなかった。どうってことない区間だった。資格試験を軽々と通過した時は、目をつぶったままでも操縦できると思っていたのに。あの時の自分が傲慢だったことも、今の自分がどこか壊れていることも、すべて絶望的に思えた。航海中に危険物質にでも触れてしまったのだろうか。あるいは自覚がないだけで、熱が出ていたのだろうか。しかし、ＡＩが計算した結果も変わらなかった。

　航海士は、普段あまり利用していないけれど、とりあえず入会だけしておいた「航海士クラブ」に入ってみた。キーワード検索のところに「ワープミス」と打ち込んでみた。とりわけ目を引く検索結果は見当たらなかった。お知らせの中からワープの注意区間と閉鎖したワームホールのリストをもう一回チェックした。探している内容も、気にすべき変更事項も見当たらなかった。「最高の航海士」のコーナーに目を通してみた。引退を控えている航海士のインタビューや回顧録が主に掲載されているが、やはりワープミスについての内容は見つからなかった。そんなミスをして引退まで働けるはずないか、と苦い気持ちでつぶやいた。

上の階から、退屈な乗客たちが宇宙ゴルフを楽しんでいる音が聞こえてきた。重力が働いたり働かなかったりする複雑なコースが用意されており、船内で最も人気のあるスポーツだった。乗客たちは宇宙航海時代にもいっときの打感を味わうために生きている。

半分あきらめたような気持ちで匿名掲示板をのぞくと、航海士が探し続けていた内容が見つかった。ほとんど停留場のバーで起きている取っ組み合いの延長線上にあるような険しいやり取りの中に、疑問を抱いている人たちがいた。


――座標をセットしておいたのに、的外れなところに落ちたんです。こんなことってあり得ますか。

――私も、同じです。

――船が消えているという話は陰謀論だろ。

――断定は禁物です。俺の同期が乗っていた船が消えてるのに、みんな黙ってるんですから。どうやって口止めしたか知らないけど。

――海賊の仕業だろうか。

――そんな奴らが百六十二隻も船を持っていくことができるとでも？

航海士は唾を飲み込んだ。他の航海士たちもやはり不安の中で不確かな情報を共有し合っているようだった。もっと活発にコミュニティー活動をしていたなら、もっと早く気づくことができたかもしれない。しかし、もう手遅れだった。航海士もおそるおそる意見をつけ加えた。

――ワープに失敗した経験のある方がいらっしゃったら、座標を公開していただけませんか。比較してみれば、何か原因がわかるかもしれません。

――座標を公開したら個人情報がバレてしまうんだけど。

――秘密保持覚書を書いてなんとか解雇は免れたわけで、それは無理かも……。

みんなが迷っている理由もわかる。日付と座標を明かせば、どの船の誰かがすぐにわかってしまう。航海士は深いため息をついて、狭い船室の中を行ったり来たりしながら何分間か考え込んだ。しかし、長くは迷わなかった。椅子を机の前に引き寄せて、みんなが最もよく見ている掲示板に移動した。ＩＤと実名、所属の宇宙船を公開したうえで、書き込みをはじめた。どうせ失敗した人生だ、解雇など少しも怖くない。好きなことではないからこそ、うまくこなせることがある。

――今とんでもないことが起きている気がします。当局はまだ把握しきれていないようですし、最前線にいる私たちが速やかに事実を解明しなければ、甚大な被害をもたらすことになるはずです。この事態について議論していた航海士の方にお願いです。私にご一報ください。もし個人情報が流出したら、私が責任を取ります。

通報件数はごくごく少なかった。航海士はそうやって手に入れた座標をあらためて計算し直した。飲み食いもせず、宇宙のゆがんでしまったところを解明しようと努力した。航海士用の計算機はまったく役に立たなかった。計算が何ひとつ合わないのだ。入力した変数を確かめ、定数もチェックした。確認して、また確認し、再三確認した。

部屋の外から船長が、閉まっているドアを強く叩いた。

「乗客がなんでワープしないんだってざわついている。このままじゃ、目的地まで二、三十日遅れることになるだろう。いったいなんの問題だ。ドアを開けてくれ、君を首にしたくはないんだ」

「おじさん、あとちょっとだけ待ってください。タービンが一つ故障していて修理中だと言って、あと一日だけ時間を稼いでください。何かがおかしいんです」

窮地に追い込まれたあまり、船長を子どもの頃のようにおじさんと呼んでしまった。

船長はぶつぶつ言いながら帰っていった。

倒れる寸前まで計算をし続け、航海士は一つの結論にたどり着いた。他の説明はもはや不可能だった。

定数が変わってしまったのだ。

変数の問題ではなかった。定数だった。宇宙の膨張スピードが変わっているのだ。存在している航路が、地図が、これまでのデータが、何もかも使い物にならなくなってしまった。


航海士が航海士コミュニティーに発表した内容は、コミュニティーを超えて大きな反響を呼び起こした。ほとんどは無駄に恐怖心をあおっているという非難だった。学会から追い出された不適応者が、その恨みつらみからでたらめを言っていると笑い飛ばそうとした。しかし失踪した船についての噂は、どんどん広まり、人々は深刻になっていった。

「乗客も真っ二つに分かれてる。すぐにワープしろという意見と、ワープをしたらいけないという意見とに……。君が乗客と話をしてくれないか」

航海士は乗客を船内で一番大きなホールに集めて、いま起きていることについて詳細に説明した。長い質疑応答を経て投票を行い、当分はワープをしないで運行しようという結論が出た。新しいニュースが次々と入ってきた。船が続々と消えているのだ。黙っていた他の航海士たちも、解雇と訴訟を覚悟したうえで真実を暴露し、しかたなく様々な会社が遅ればせながらその事実を認めた。

「ですから、何が原因かはわかりません。もしかしたら一部で言われているように、ワープ航法が宇宙エネルギーの密度や対称性に悪い影響を与えているのかもしれませんし、私たちにまったく関係のない別の要因があるのかもしれません。ワープをするのは危険だということだけは確かです。これからはどんなに優れた航海士だとしても、正確な座標を読み取ることはできません」

航海士は固い表情でインタビューに臨んだ。そのインタビューは、いつか航海士が胸ぐらをつかんだ教授の反対意見とともにニュースで流れた。宇宙に散らばっている様々な文明が一気にざわついた。追いつめられている人たちは、それでもワープを続けた。孤立すれば死を迎えるしかないところでは、選択の余地がなかった。ワープをしないで旅をするには、宇宙はあまりにも広すぎた。三百あまりの船が行方不明になってからようやく、ワープ航法は公式的に禁止された。しかし、つながっていた宇宙が解体されてしまった今では、禁止の措置は単なる勧告に過ぎなかった。

航海士はクルーズが悲嘆に暮れていることが自分のせいのように思えた。泣き声は、船室の防音壁を通して聞こえてきた。命あるうちに目的地へたどり着けないだろうたくさんの人たちが、気づかないうちに失ってしまったものに思いを馳せていた。ただ軽い気持ちで旅がしたかっただけだったのに、二度と戻れない場所と永遠に会えない人たちができてしまった。

「ワープエンジンも航海士も問題ないのに、宇宙がまともじゃなかったってことか」

船長は航海士の父がプレゼントしてくれた酒の栓を抜いた。

「今さらだけど、なんであの教授の胸ぐらをつかんだ?」

「種《しゅ》の差別主義者でした。人間型ではない学生をひどくいじめてたんです。仲の良い女の先輩にも、卑劣なことをしでかして。落ち着いて話そうとしたのに、かっとしてしまって……」

「学会に戻るつもりかね。メディアは、君がこの時代で最も冴えたインテリだと騒いでいるよ」

「いいえ、興味ありません。ここが好きです」

二人は黙ってクルーズの音に耳を澄した。エンジン音、空調機の音、いまだゴルフの球を打つ音が聞こえた。

「それじゃ、船長を頼む」

「え?」

「昇進だ」

「おじさんは? いや、船長は?」

「俺は戻る」

「どうやって?」

「危険を冒すんだ。残してきた人が多すぎる」

船長は事故を覚悟して運行している船と接触していると打ち明けた。死ぬかもしれなくても、帰らなければならない乗客を乗せて、計算し切れない確率の中でワープを試みると。乗船券の金額は、想像をはるかに超えるもので、ほとんどの人にとっての全財産と変わらなかった。ある人は迷わずにその船に乗りこみ、ある人はまったく新しいところに定着することを決めた。

ジェファ
航海士、船長になる

「おばさんにもよろしくお伝えください」

それが最後だった。船を乗り移った船長は、時空間が誤ってくっついてしまった接着面に挟まれて、跡かたもなく消えてしまった。

船長になった航海士は、今もゆっくりとクルーズを前に進めている。ワープができなくなった時代に、今でもクルーズ旅行の商売がうまく回るというのは不思議なことだった。


「航海士、船長になる」は、ソフトクリームのようにソフトなSFだった。ハードなSF好きからは非難が寄せられるはずのスカスカな内容。しかし、ジェファはあまり気にならなかった。いけないのはワープエンジンなのか、航海士なのか、宇宙なのか。それは自分でも答えを出せない問題だけれど、口に出して問うてみる必要はあった。

私は今日もあんたの座標がわからない。私たちの座標がどこからずれてしまっているのかも、いけなかったのが私だったのかあんただったのかそれとも宇宙だったのかもわからない。そう伝える必要があった。

ジェファはまさに宇宙船にありそうな小さくて固いベッドの上で眠りについた。足先が冷えている。夢うつつで、エンジンのように何かが鼻歌を歌っている音が聞こえてきた気がした。

地球が記憶するラブストーリー

ヨンギ

スニーカーが日に当たって乾いている。革とキャンバスのところがそれぞれ異なるスピードで乾いていく音が聞こえてきそうな、そんな穏やかな週末だった。仕事の引き継ぎに全力を注いだので、家では何もしないつもりだった。

ビーズクッションは人類の発明品の中でも、かなり優れたほうなんだろうと思いながら、ヨンギは新しく買ったビーズクッションに身を預けてホッとしていた。一度腰をかけてしまえば、離れることができない。彼女が玄関を開ける音が聞こえてきたのに、わざわざ体を起こそうとはしなかった。ただ首を回して、うれしそうな素振りを見せるだけ。

鋭い目つきをした彼女が、黙ってヨンギを見下ろしていた。

「よっ！」

ヨンギがようやく緊張気味に話しかけても、彼女からの返事はない。ただ大きなカバンをヨンギの頭上でひっくり返した。カバンのいろいろな中身とともに、何冊もの本が落ちてきた。

「なんだよ、この本は。俺の顔、切れてない？　どうしたの？　何があった？」

「ほんとになんの本か知らないの？　ほんとに知らないから聞いてるわけ？」

彼女は申し訳なさそうな表情ひとつ見せずに聞き返した。ヨンギはビーズクッションから重い体を起こして、手当たり次第に本をつまみ上げた。雑誌だった。ジャンル小説の月刊誌や季刊誌と、アンソロジーの本が一、二冊くらいあった。俊敏ではないヨンギだったが、表紙からジェファの名前をぱっと見分けることができた。

「元カノの本でしょ？　あたしが気づかないとでも思った？」

ジェファが何をどうしたっていうのだろう。そもそも元カノの話をしたことなんてあったっけ。ヨンギはなんの接点も見つけることができなかった。

「あの子とは連絡してないよ。あっちもソニさんと仲いいけど、一緒に会ったこともないし。そんなに気になるなら、君もソニさんの結婚式についてくればいいだろ？」

「結婚式？　そんなのどうでもいいわ。なんで体にそんな真似をしたの？」

「体？……」

キョトンとしているヨンギの顔と胸元を、彼女が強く叩いた。仕方なく、ヨンギは彼女を抱きしめて落ち着かせようとした。そうでもしないと、会話が続きそうになかった。彼女は怒りを抑えることができずに泣きはじめ、ヨンギはヨンギでショックを受けていた。体に刻まれている文字が、ジェファが書いたものだって？

「そんなはずないだろ。読んだこともないのに……」

「じゃあ、何よ！　あたしが一つずつ確認したもん。蛍光ペンで全部線を引いておいたから、知らんぷりしないで！」

ヨンギの腕から抜け出した彼女は、本を一つひとつ開いて証拠を示した。ヨンギは矢継ぎ早に目で追った。突拍子もない死の文章がつづられていて、ちんぷんかんぷんな内容ばかりだった。ジェファの仕業だと？　あの子がなんで俺にこんな真似をする？　いや、ジェファにこんなことができるはずがない。別れてから会ったこともないのに。

クッションに倒れるようにして座り込み、体をうずめてしまった。思考が止まっているせいでどうしようもなかった。彼女はヨンギの足元で誰かが投げ捨てたぬいぐるみのようにしゃがみこんでいた。彼女がかわいそうに思えたが、あらためて抱きしめたいという気持ちにはならなかった。不合理、不条理、不自然……説明しきれない不可思議な状況の中で、ヨンギを取り囲んだのは彼女への熱い思いではなく妙な倦怠感だった。穏やかすぎるほどの倦怠。無責任なまでに傍観したくなる気持ちといったもの。

「君に説明すべきことはない。確かなのは、これは俺がしたことでもなく、ジェファがやったことでもないってことだ」

ヨンギは自分がどんなに胸クソの悪い顔をしているだろうと思いながら、こう言い切った。

「黙っててくれる?」

どうしようもないくらい頭にきているようだった。頭の中がまっすぐな線でつくられている彼女が、その瞬間、無性にうらやましかった。

「おかしなことが起きてるけど、今も君が好きだよ。こんなもん気にしないで、ずっと俺と一緒にいてもらえない?」

「そこにあるのに、どうやって気にしないでいられると思う? 無茶言わないでよ」

ヨンギは病院を訪ねていった時の一部始終を打ち明けようかどうかしばらく悩んでいた。なんの問題もなかったと。だからこそ余計に深刻な問題だと。だが、彼女の性格からすればどうしても受け入れることはできないだろう。解決策が見つかるまでに、ヨンギを、自分を、二人の関係を、追いつめてしまうに違いなかった。ヨンギはあきらめることにした。

「それで、君はどうしたい?」

何を言っても無駄に思えてそれならいっそのこと限りなくむかついてもらおうと、あきらめるような気持ちでヨンギは言葉を投げかけた。彼女も少しは驚いているようだった。それからひっくり返っているカバンの中から、何かを差し出した。

サンドペーパーだった。

「あたしの目の前で、全部消して。そうしたらもう一度考えてみるから」

どうしてつき合う彼女がそろってどこか変なヤツばかりなんだろう、とヨンギは深いため息をついた。とりあえずサンドペーパーを受け取りはしたものの、どうしても肌をこすることはできなかった。

「自分ではできそうになかったら、あたしがやってあげる」

彼女はヨンギの手からサンドペーパーをさっと取り上げて、一番目につきやすい場所のものからこすりはじめた。つい最近、鎖骨と肩の境界にできたもので、〈船長は、時空間が誤ってくっついてしまった接着面に挟まれて、跡かたもなく消えてしまった〉という長い一文だった。

「痛いって」

「じゃあ、お金を払ってレーザー手術でも受けたらどうよ」

ヨンギは答えなかった。説明しようもなくそこに現れてきたものなら、説明可能なやり方で消せるはずがない。もし消せたとしても、二度と浮かんでこないとは限らなかった。ジェファに会ってみるべきかもしれないと思った。なんらかのヒントが得られるかもしれないから。

彼女はサンドペーパーをひっこめて離れると、今度は背筋をピンと伸ばして座り、ヨンギをまっすぐに見つめた。

「ヨンギさん」

彼女が手の甲で涙をさっとぬぐった。

「ヨンギさんは気づいてないかもしれないけど、いつからか映画を見にいったときに、二人の間にあるひじ掛けを上げなくなったんだよね。何かがおかしいと薄々気づいてたし、それでいつも不安だった」

そうだったっけ？　ヨンギは思い出すことができなかった。あの馬鹿げた検査がおかしかったのかもしれない。あるいは本当に記憶になんらかの問題を起こしているのかもしれない。

「ヨンギさんとは、こんなことがやりたかった。二人がいつか別れたり、どっちかが死んだりしても、誰もがあたしたちの愛を素敵だったと、特別だったと覚えていて、すべてがきれいに収まるような、そんなものすごい恋愛をね。世紀の恋愛とか。雑誌でよく見るラブストーリーの特集で、その国の代表に選ばれるカップルみたいにね。クレオパトラとあの長い名前のおじさんみたいに、グレース・ケリーとモロッコの王子みたいに……」

「モロッコじゃなくてモナコだろ」

「ジョン・レノンとオノ・オーコみたいになりたかったの」

「オノ・ヨーコだって」

「うるさいなあ」

彼女の大きな野望には気づいていなかった。ヨンギは静かに笑った。

「そんな立派な恋愛がしたかったの？　そういう恋愛ってたいがい周りには迷惑になるだろ？」

「でも、他のことではすごくなれないって、早くから気づいてたんだもん。子どもの頃からね。ずば抜けた才能もないし、マッサージの専門家と言ったって、マッサージチェアの技術がどんどん発展してるわけだし。ほんとに時間があんまりないのよ」

「時間が？」

彼女が何も言わずにクスッと笑った。この笑顔ももう二度と見ることができなくなるのだろう。ヨンギはけだるい悲しさを覚えた。

「年々歳を取るからね。特別に魅力があったり賢かったりしない限り、女の子たちはみんな旬があるの」

「そんな……それは違うよ。そんなふうに思うなよ」

ヨンギが力なげに反論した。どんなに好きだったことか。どれだけ強く体を抱きしめていたことか。雨の日に彼女の頭から漂ってくる匂いが好きだった。普段より長く漂ってくるシャンプーとボディーバターの匂い。頑固になっている時の顔さえ、まだ頬がふっくらとしているおかげで愛おしく思えた。アンダーラインまで黒く塗り込む、この年頃でよくやりがちな濃い化粧も、むりやりつけているカラーコンタクトレンズも、あまりにも丈が短い服も、安いピアスのせいでできたアレルギーも、何もかもが哀れなくらい愛おしかった。その愛おしさをずっと長く享受できるとは思っていなかったけれど、これで最後になるとも思っていなかった。

「小学生の頃にね、ビビンパを食べると言ったら必ずとんかつを持ってくる子がいたの。たぶんお母さんに連絡帳を見せなかったんだろうね。でもそれをビビンパに入れると、その場違いみたいなとんかつが、意外とおいしいわけ。ぶつ切りになってるし、湿っているしで見た目はあんまりなのに、とてもおいしかった。あのとんかつみたいに、ヨンギさんが好きだったの」

「……なんの話？　何言っているかわかんないよ」

「全然タイプじゃなかったのに、二人がこれっぽっちも似合わないってわかってたのに、それでも好きだったってこと」

「俺は二人がよく似合うと思ってたのに」

彼女は笑っているのか、しかめているのかわからない顔をして、話を続けた。

「ヨンギさんがびっくりするくらい悪い滑舌で『おはよう』って言うのが好きだった。ひどい滑舌だったけど、それがよかったの」

「このタイミングで、滑舌が悪いって話をされても……」

「朝起きてアソコが硬くなるたびに、あたしのことを思い出して。これは呪いだからね！」

「おい！　それは！」

「うえーーーーーん」

「君のことを思い出すよ」

ヨンギが手を伸ばして、彼女の手をそっと握った。ピンクとイエローを使ったドット柄のネイルを見て笑った。先々週につまようじでがんばってドットを描きながら、ネイルなんかにお金を使う余裕はないと文句を言ってたよなあ。ネイルサロンに行かせてあげたかった。あと何をしてあげたかったっけ。そうだ、履きやすい靴を買ってあげたかったなあ。

足の指の骨が出っ張ってこないバランスのいい靴を。シャンパン色の化粧品も買ってやりたかった。頬の肉が落ちたら、そういうゴールド色が似合いそうだったから。

爪ひとつひとつに軽く口づけをした。彼女も口づけの意味に気づき、さらに大声で泣きはじめた。

立派な恋愛、世界が記憶するほどの恋愛ができますように。俺はさせてあげられなかったけれど、必ずその夢がかなえられますように。

ヨンギと彼女は、そのようにして別れた。

幸い、彼女はヨンギを元カノの書いた文章を体に刻む、そんな変態年上男とだけ記憶してはいなかった。何年か経って、あの時のヨンギの歳になり、もうカラーコンタクトをつけなくなった頃には、懐かしい感触だけが残っていた。

望みどおりの立派な恋愛もした。相手は同じ小学校に通った有名ラッパーだった。二人は公然と愛情表現をし、周りの目線を気にしないでケンカもした。ヨンギはそのラッパーをリアリティー番組で見た時にクセが強そうで少し心配したけれど、実際は誠実な事業家のようだった。二人は雑誌でも、ケーブル番組でも、話題のカップルランキングでいつも五十位内に名を連ねていたので、立派な恋愛と言えば、立派な恋愛だった。

しかし、とにかくそれは、ずっと後の出来事だった。

彼女と別れてから、ヨンギはいつもより長い時間を寝て過ごした。仕事がない日は、寝てばかりいた。

昔、動物を見くびっている時もあった。近い記憶でいうと、子どもの頃に飼っていた犬があまりにもよく寝るので、犬の一生なんか極楽だと思っていたし、遠い記憶でいうと、テレビでよく見るコアラが、ずっと怠けているように見えてならなかった。一日に二十時間も寝て、残りの四時間を食べてばかりいるだなんて。しかも、寝ていて火事を避けることができずに、木に丸く焼け焦げているとか……。スポーツ選手として、緊急出動する警備員として長く過ごしてきた身としては、あまりにも馬鹿げているように思えたのだ。

そんなヨンギが、十六時間もぶっ通しで寝ている。寝ている時には、傷の大小にかかわらず治っていることを感じた。体の内側から、うんと昔になくしてしまったバランスを取り戻しはじめている。そんな経験をすると、ようやく動物たちに申し訳なく思えてきた。コアラの言葉を理解することができないからよくわからないけれど、もしかしたらコアラたちも彼女に手厳しくふられたのかもしれない。たんに素晴らしい夢を見ているだけだったのかもしれないけれど……。

とにかく、よく知らない世界については勝手に判断すべきではない、とヨンギは遅ればせながら反省をした。永遠に知る術のない世界についてならなおさら……。

ごめんね、コアラ。

ごめんね、彼女。

ごめんね、ジェファ。

ジェファ

私と勝負してみる？

　湯気の立っているシャワーブースの向こうで、何かが動いた。

　シャワーブースは閉まっているが、浴室のドアは開いている状態だった。髪の毛が揺れて目にかかっただけ？　袋みたいなものが落ちたとか？　いや、でもやっぱり人間のようだったよね。暗い服を着た人がゆっくり動いてたよね。ジェファは水の音や物音を立ててシャワーを続けるふりをしながら、耳と目では部屋の様子をうかがった。シャワーの水を止めても安全だと思えるまでそのままでいた。シャワーブースから出たくなかったけれど、ずっと居続けるわけにはいかなかった。

　部屋の中がしーんとしている。ジェファは体をふきながら、どの専門家であれ、とにかく専門家の助けを借りるべきかもしれないと考えた。心臓が不気味に高鳴った。家を出てからもしばらく落ち着かなかった。

　洋服を買いにいく予定だった。ソニがどうしても結婚式で着る洋服を買ってあげたいと言い張っていたのだ。

「なんでソニさんが買ってくれるのか、今でもよくわかんないんだけど」

「経験済みだからわかるんだけど、新婦と一緒に待機したり、荷物をまとめたりするのって結構大変なんだよ。ずっとあたしの隣で一緒にいてくれるだろうから、あたし好みのものを一着買ってあげたいの」

「全然説得になってないけど、ソニさんって人の話を聞くタイプじゃないから……」

　ソニはジェファのために青みを帯びたチャコールグレーのレースワンピースを選んだ。おしゃれなドレスだったけれど、ジェファからすれば、Vネックがやや深すぎた。

「ほら、伸縮性にも優れてるよ。これなら会社にも着ていけるって」

「会社に行く時はこんなおしゃれしないよ。適当に着ていくんだから」

　思ったより早く洋服を選ぶことができて、二人はゆっくりと雑貨を見て回った。

「服も、靴も、カバンも、毎年買い足してるのに、なんでいつも何もない気がするんだろうね。あたしのクローゼットは、ナルニア国行きなのかな」

「いつも同じものばかり使うから、すぐボロボロになるしね。ああ、こんなブーツが買いたいんだよね。ひざ上の太ももまで届くやつが」

ジェファがサイハイブーツの前で足を止めた。

「買っちゃいなよ。借金もないんだし、掛け持ちで働いてるんだから、これくらいのものは買えるでしょ？」

ソニがあおった。

「掛け持ちというには、片方はあまりにも金になってないわけで……でもちょっと長すぎだよね。この長さのブーツって、一七五センチくらいないと太ももどころか、股まで届いちゃうんだから。ズボンのすそを上げるのはしかたないとしても、ブーツを途中で切るのはちょっと変だし」

「確かに。ちょっと長すぎるか」

それ以上買いたいものを見つけることができず、休憩をすることにした。久しぶりにたくさん歩いたからか、もう冬なのにアイスコーヒーが飲みたかった。ジェファはアイスアメリカーノを、ソニはチョコチップ・フラペチーノを頼んだ。

「もう来週末が結婚式だなんて、信じられないよ」

妙な気分がした。落ち着いているソニの表情にも、複雑な気持ちが入り混じっているようだった。

「逃げたくなったら言ってね。他の国のどこにでも、一緒に逃げてあげるから」

ジェファがそう言うと、ソニがケラケラ笑った。

「今からでもあんたがブーケを受け取ったらだめ？」

「なんでよ。あれってすぐに結婚できる相手のいる人が受け取るものでしょ？」

「あんまり親しくもない人に渡すのがなんか嫌なの。どうせ西洋の伝統なんだし、適当に無視してあんたが受け取ってよ」

「今さらそんなこと言わないでよ。予定どおり、ソニさんのお友だちに渡して」

「うちのジェファは欲がなさすぎて、死んだら体から仏舎利が見つかりそうね」

「五色に輝く玉をがんばって作ってみる」

「もうすぐ結婚するあたしが言うことじゃないだろうけど、恋愛も、結婚も、あまり勧めたくない。あんたは友だちと楽しく暮らして。この国では、そのほうが少しは安全だろうし。気の合う友だちはいないの？　あんたが気になってしょうがないの」

「ソニさんほどの友だちはいないよ。他の友だちとはケンカになりそう」

ジェファの言葉を聞いたソニが、「だよね」とうなずきながら笑った。

「いいなぁ、ソニさんは。誰かの正解だから」

「何言ってんの？　結婚が正解ってはずないでしょ？」

ジェファ
私と勝負してみる？

「そうじゃなくて……どんな関係であっても、一つの空間で毎日を、どんなことでも共有するのって、結構大変なことだからね。なのにソニさんは、相手を不安にさせないパートナーであるってことだから」

「何よ、急に深刻な顔をして。正解ってわけないし、それに間違いでさえなければなんとでもなるのよ」

「ううん、ソニさんは正解だって。何があっても、ずっと正解を守り続ける人だから。私は誰かの正解に近づくことはできたけど、一度も正解にはなれなかった」

ソニはストローの包みを細く千切りながら、ジェファの言葉を噛みしめているようだった。

「そんなものになる必要ないと思うけど。誰かの何にもなる必要ないよ」

ジェファとソニは、軽いハグをした。

「そうだね。ソニさんは、きっと幸せになると思う」

「必ず幸せになるべきだとも思わないで。それは一時的な状態でしかないんだって。みんなその一時的な状態を手にしようとしてもがいてるのよ」

ソニが先に立ち上がり、ジェファはそのままカフェでゲラを読みはじめた。結局、何日か前にスンジュから催促の電話を受けてしまった。ほとんど読み終わっているという話を信じてもらえず、毎日読み終わったページまでの写真を撮って送るという約束をして、ようやく電話を切ることができた。

不思議にも次に手を入れる短編は、どの文化圏にも存在する「結婚を禁じられた女性たち」の説話からモチーフを得たものだった。ギリシャ神話のアタランテや『ニーベルンゲンの歌』のブリュンヒルトのように。主人公が求婚者を追い払うために困難な勝負に挑むという話は、世界のどこにでもある。そしてその話はいつも悲劇的な終わりを迎える。

「私と勝負してみる?」は、呪いをめぐる変奏だった。

小さな要塞都市で姫が生まれた。苦労して授かった一人娘。人々は喜び、窓から小さな花や堅果を撒いた。王と王妃は、要塞でなければ決して維持できなかっただろう大きな国の間に挟まれた小さな王国を慈悲深く治め、人々は継承者が生まれたことを存分に喜んだ。預言者たちが啓示を受けたとして、恐ろしい言葉を口にするまでは。

「お姫様がご結婚なされば、この王国は永久に消滅するでしょう。城壁の石と石が啼《な》き、実った果実が萎《しお》れ、山の鉱脈が干上がるでしょう」

絶えず他国からの侵入を受けながらもこれまで耐え抜いてきたのは、頑丈な城壁と

良質な堅果、それから底を突きそうにない鉱山のおかげだった。姫の結婚が小さくても肥沃である美しい王国を滅ぼしてしまうだろうという言葉に、みんなは青ざめてしまった。

「結婚しなかったら？」

王が苦悶の表情を浮かべて尋ねた。

「誰よりも立派な王になるでしょう」

王妃が涙しながら抱きしめている姫を揺らしていたが、それは自分を落ち着かせるためだった。姫はぐずることもなくにこにこと天使の微笑みを浮かべていた。よく寝て、よく食べて、あまり泣くこともなかったため、目で見ているだけでも幸せな気持ちになる赤ちゃんだった。そんなわけで、姫にかけられた呪いがより非劇的に思えた。姫と年齢の近い娘がいる親たちは、姫が寂しくならないように娘に結婚をさせるまいと誓った。

大きな禁忌がいつも頭上に差し掛かっており、姫は成長しながら他の些細な制約から自由に過ごすことができた。機知に富んだ性格で、勉強をすることも好きだったけれど、一か所に長く居座っていることは苦手だった。要塞と要塞の外を思う存分に行き来していた。姫が弓と刀と槍を思うがままに使いこなせるようになってからは、一人で出かけるのも許された。実のところ、要塞の近くで姫を脅かすような人間など誰もいなかった。姫が通る足元に月桂樹を敷きたくてムズムズしている人たちがほとんどだったから。ただ、暗い森にだけはなるべく入るなと念を押されていた。陰湿な気配が漂っているせいか、怪物が生まれてときどき頭を抱えるような問題を起こしていたのだ。

姫が十二歳の誕生日を控えたある日、生まれて初めて倒した怪物もまた暗い森からやってきた人喰いモグラだった。人間よりおいしいものがありふれているのに、なぜよりによって人間を食べて気を引くのか。頭の回転が速い姫は、何かが変だと思った。

「誰かに話しがいのある怪物ならよかったのになあ……」

トネリコの木で作った槍を手に握りしめて、姫がぼやいた。それに、姫一人で人喰いモグラをやっつけに出かけたわけではなかった。遠い親戚の子どもたちが遊びにきていた時のことだった。みんな男の子で、姫は彼らと競わなければならなかった。姫が最も巧みに操ることができたのは弓だったが、弓は女の子の武器じゃないかと皮肉を言われ、槍を手に取った。

モグラは予想以上に手強い怪物だった。地面がいきなり盛り上がり、砂ぼこりのせいで視野を確保することが難しく、土をかき分けてだしぬけに突きつけられる爪には毒があった。モグラを甘く見た二人の男の子がケガをしてしまった。姫は軽やかな脚で素早く走りながら他の子たちを率いてモグラを岩石地帯にまで追いやった。子どもたちは岩の上から鉤《かぎ》を投げ込み、モグラを引き上げた。みんながいちどにわっと襲いかかろうとした時だった。

「待って。姫が一番の功を立てたわけだから、とどめをさすのは姫に頼むことにしよう」

姫は振り返って、その男の子を見た。最北端からやって来た同じ年ごろの、慣れない南国の日差しで鼻の皮がむけているほっそりとした少年だった。姫は軽く目であいさつをし、人喰いモグラに最後の一撃を見舞った。

人々は姫をほめたたえ、姫をより輝かせてくれたまぬけな男の子たちを丁寧に治療した。姫はとどめをさす役をゆずってくれた男の子に近づき、ひざのすり傷に自ら解毒草を載せてやった。それから二人は人目につかないところで、初めての口づけをした。夜冷えした唇に胸がキュンとなった。

翌年にまた遊びにくると言っていた男の子は、永遠に戻ってくることができなかった。季節が移り変わったある日の夜に、姫は大人たちのため息とともに悲報を伝え聞いた。初恋の少年は、毒蛇に嚙まれて死んだという。少年の鼻筋の皮がどれほどかわいくむけていたことか。姫はそんな些細な記憶に身震いをした。自分の呪いのせいで起きたことではないだろうかと、しばらく泣き続けた。

人目につくところで泣いたわけではない。姫はみんなの娘だったから、そうすることができなかった。姫が泣けば、要塞全体が姫を気にかけるようになるからだ。姫はそれが嫌だった。


一人になりたい時は、たびたび暗い森を訪れた。誰もが嫌がる場所は、隠れ場所としてぴったりだった。姫は泣きたくなる日だけでなく、笑いたくない日にもねじれた樹の幹をよじ登り、隠れていた。森からの音は邪悪なつぶやきのように聞こえたけれど、姫に襲いかかったことはなかった。姫はときどき目についた毒蛇を殺した。いつか人を嚙むかもしれないと、八つ当たりをするように。

いつか太さが人間の腰回りくらいある白い大蛇に出くわして、その蛇が姫を攻撃しようと頭をもたげた時、姫は決心した。この蛇をやっつけたら、もう二度と森には入るまい、隠れまい、もう誰とも恋に落ちずに立派な王になろうと……。姫は連射ができるように改造した石弓で蛇を攻撃した。はじめのうちは互角の勝負だった。しかし、追ったり追われたりするうちにでこぼことした場所にたどりつくと、蛇のほうが有利になった。姫がうっかり見落とした木の根っこに足を引っかけて転ぶと、蛇は大きく口を開けて襲いかかろうとした。呪いを鵜呑みにして森を甘くみるんじゃなかった。姫は目をつぶったまま後悔した。

「いけない」

聞き慣れない声に目を開けてみると、一度も見たことのない人が蛇を引き下がらせていた。武装をしておらず、なんの威嚇《いかく》もしていなかったのに、蛇はあっさりと引き下がり、陰へと消えていった。

「どうやったんですか？」

姫がびっくりして尋ねたが、蛇を引き下がらせた人はもっと驚いているようだった。

「そなたには己《おのれ》が見えてはいけないのに。聞こえてもいけないのに」

姫はその言葉の意味もちんぷんかんぷんだったが、敬語を使われなかったことにも衝撃を受けた。要塞の人でないことは明らかだったし、女なのか男なのかもはっきりしなかった。顔も、声も、服も、どちらかを指し示してはいなかった。

「森に……住んでるんですか。もしかして森の番人？」

相手は困ったような顔でしばらく姫を見下ろすと、うなずいた。

「まあ、だいたいは合っている」

姫は「だいたい」というところが妙に納得いかなかった。森の番人はすぐに引き返そうとしたが、姫が慌てて大声を出して言った。

「足首をケガしたんです。要塞まで連れていってもらえませんか」

森の番人は仕方なく引き返し、しかめ面をして姫を背負った。

「感謝の気持ちをお伝えしたいので、お名前を教えていただけませんか」

「いけない」

「いけない」は森の番人の口癖のようだ。背中に姫を乗せてでこぼことした道を、理にかなわない速さで進んでいるのに、森の番人は少しも汗をかかなかった。あっという間に城門に姫を降ろし、あいさつもなしに立ち去ってしまった。


森の番人の存在は、いくら時間がたっても姫の頭の中をむずむずさせていた。何が何だか分からないけれど、なんなのかを確かめなければならない気がした。

姫は森の番人と会ったところの近くで、場所を移しながら潜伏した。森の番人の性格からして、姫を見るやそそくさと消えてしまうと思ったからだ。半月くらい待っていただろうか。ついに森の番人が姿を現した。姫が木の上から飛び降りて、森の番人の前に立った。

「どうしてまたここに来たんだ。そなたには危なすぎる」

あまり心配している様子でもない森の番人が、そっけなくこう言った。

「私が死んだらそれは呪いのせいであって、他の理由ではないはずです。たいがいそうですよね。突拍子もなく腐ったものを食べて死んだりしないでしょうから」

「それにしてもこのようにして己に出くわしてはいけないんだ」

「どうして私には敬語を使わないんですか？　でも、使ってほしいと言っているわけではありません」

「己は誰にも敬語を使わない」

「それは嘘です。年上の人もいるでしょうし、身分の高い方などもいらっしゃるでしょう？」

「そんな人はいない。みんなは己を恐れている。そなたももう少し恐れるべきだろう」

しかし、怖いもの知らずの姫は、好奇心を抱いて森の番人の後を追った。

「どうしてさっきからついてくるんだ」

「喉が渇きました。何か飲むものをもらえたら帰ります」

「己も持っていない」

「この近くに住んでいるんでしょう？　いくら森に住んでいるとしても家はあるでしょうし」

森の番人の家は、土の上にむき出しとなった死んだ木の白い根っこをまるごと屋根や柱として使っていた。家の半分が土に埋もれて傾いていたが、それなりに頑丈そうだった。

「素敵な家ですね」

「まあな」

姫にほめられ、森の番人も自分の家を初めて眺めるかのように、家の傾きに合わせて首を傾け、家を鑑賞していた。やはり変な人だわ、と姫は思った。

「飲みたいものは？」

「ザクロとかイチジクとか？　果物でもいいです」

「……あった」

果物は姫が望んだとおりの味で、思わず感嘆の声が漏れ出た。天井が低く、乾いた土の匂いが立ち込めていて、もともとは野暮ったい造作だったろうが古くなってつやが出ている小さな家具で埋めつくされている家だった。姫はすっかり気に入った。もう二度と訪ねてこないという約束を破って、たびたび森の番人の家を訪ねた。自分のことをちっとも敬わず、気にもかけてくれず、かわいそうに思ったり申し訳なさそうな顔をしたりしないところが、姫の気を楽にさせてくれた。

「約束を忘れて何度もここを訪ねてきてはいけない」

「どうしてですか」

「己の恐ろしさを知らないからそんなことが言えるのだろう。己は約束を破った者からはそれ以上のものを奪い取ってやる」

「差し上げますわ。要塞にうんと大きな家を建てて差し上げるので、代わりにこの家を私にください」

「そなたと一緒にいたら、様々なことが具体的になりすぎる。それが嫌なんだ」

「嫌だというくせに、引っ越しもしないし、家にも入れてもらえているし」

「己もこれではいけないと思っているのだ……まったく。このまま固定されてしまったら」

森の番人は時に不満げな表情を見せたけれど、それだけだった。

姫が成人すると、隣の国から王子という王子がみんな押しかけてきて結婚を申し込んだ。王子たちは誰もが自分こそが姫の呪いを解くことができる、特別な相手だと声を張り上げた。姫はよその国の国運などお構いなしに、高慢な態度で近寄ってくる王子たちにうんざりするばかりだった。弱小国の王子たちは、一度や二度断ればそそくさと帰っていったが、大国の王子たちは、断りの返事を断りとして受け止めなかった。姫はやるせない気持ちでこんな提案をした。

「私と勝負をして、三回勝てたなら妻になりましょう。代わりに、負けたら両国の境界にある土地の十分の一をいただきます」

駆け足、馬上投げ、崖登りの順に勝負を行った。普段めっぽう楽な暮らしをしている王子たちは、姫よりのろまで弱かったし、自分を過信して姫を見くびっていた王子たちも、姫に負けてしまった。おかげで小さな要塞でしかなかった王国に新たな土地が加わった。

しかし姫の噂が広まると、もっとしっかり訓練し、準備をして訪ねてくる王子たちが増えてきて、姫の悩みはつきることがなかった。

「どうしたらしつこい奴らを突き放すことができるでしょう。呪われていると言ってるじゃないの。聞く耳はないわけ？　なんなのよ、もう」

姫はひじ掛け椅子に体をうずめて、文句を言った。森の番人は空耳を走らせていると思ったら、解決策を講じてくれた。

「競技を変えるがいい。そなたが有利なものに」

「それでいいと思いますか？」

「いけないこともないだろう」

「確かに、失礼極まりない奴らに公正だなんて、クソくらえです」

要塞の人たちは、知恵をしぼって姫に有利な三つの競技を作り出した。一番目の競技は、要塞の特産物であるクルミでのジャグリングだった。実が小さければ小さいほど難しくなるが、要塞の子どもたちにとってクルミはいつも手元にあるおもちゃ同然だった。姫は八つまで一気に宙に浮かせることができた。

二番目の競技は輪唱で、間違えずに最後まで歌い続けるものだった。競技の特性上、要塞の牧童たちが協力してくれた。牧童たちは要塞の安寧を願い、姫が少し間違えて歌っても声を合わせてくれたし、王子の番にはわざと妙にリズムをずらして歌った。あえて聞き慣れない方言が含まれた歌を選ぶことも、もちろんあった。

一番目と二番目の競技はやや地味に見えたため、三番目は劇的な演出を見せる必要があった。それで熱々に焼いた石が敷きつめられている巨大な火炉の上に立って、どちらが長く耐えられるかを競うことにした。いくら呪われている姫だとはいえ、超人的な能力を持っているわけではなく、それなりのイカサマを駆使して姫が勝つような仕掛けを仕組んでいた。外地人たちは火炉の石が全部同じものだと思っていたけれど、要塞の人たちは色が似ているだけで熱の伝導率が異なる石を見分けることができた。王子たちの足が燃え上がっている時も、姫は生暖かさを感じるだけ。横にもなれそうだった。誰かが異議を申し立てれば、要塞の人たちは逆上しながら火炉をひっくり返し、下の方に敷きつめておいた石を触らせた。人々はだんだんと芝居がうまくなっていった。

王子たちはとんでもない競技だと憤慨しながら帰り、姫はかまうことなく約束された土地を徹底してゆずり受けた。

「私だって好きで呪われているわけではないんだから。一番文句を言いたいのは私よ」

要塞はもはやただの要塞ではなくなった。四方八方へと土地が広がっていたのだ。人々は姫をさらに大事にした。自慢にも思った。結婚適齢期の王子たちが全員一度は押しかけ済みだったので、結婚を申し入れる挑戦者もぐんと減っていた。長く続くだろう平穏な日々を楽しみにしながら、満足感にひたっていた時のことだった。

姫は、広場に立って姫に求婚する森の番人を見て呆気にとられてしまった。

「姫に挑戦する資格があるかを、まずは確かめるべきだろう」

王が怪しそうな森の番人のなりを見て、しかめ面になった。

「己の王国は、あの暗い森だ。己が負ければ森を丸ごと引き渡そう。陰も取り払ってやることにしよう」

森の番人の話に人々がざわつきはじめた。姫が手を挙げて騒ぎをおさめると、階段を降りて会話が二人だけに聞こえるまで森の番人に近づいた。

「いったいなんの真似ですか」

森の番人に惹《ひ》かれていたのは確かだけれど、友情だけでじゅうぶんだった姫が森の番人をとがめた。

「流れからずいぶんそれたままに固定してしまった。これ以上の方法はない。そなたが己をあまりにも具体化してしまったんだ。家にいきなり二階ができたうえに、椅子がどんどん増えている。これではいけないのだ」

椅子がどうしたというのだろう。姫はまったく理解ができなかったが、森の番人がいつもと変わらない調子で「いけない」と言っているので、何か理由があるのだろうと考えることにした。何より、誰にも負けない自信があった。姫はクルミを宙に投げはじめた。この日はいつよりもクルミが完璧に宙に浮き、手におさまってくるので、これまでの記録を更新して十個まで成功した。

一方、森の番人はジャグリングが下手だった。バランスもリズムも悪い。それでもクルミは地面に落ちなかった。クルミが地面に落ちそうになれば番人が「いけない」と言わんばかりにクルミをにらみつけ、クルミは空にせり上がるようにして森の番人のところへ戻ってきた。見守っていた人たちも、何かが間違っているのかもしれないと気づきはじめた。宙に浮いているクルミの数は十二個だった。

輪唱の時はさらに不思議なことが起きた。もっとも、合唱団が全力で妨害をしようとしたのに、森の番人は完璧な輪唱に成功した。上手な歌ではなかったが、音程もリズムも一度もずれることがなかった。挫折した牧童たちが歌を止めた時にも、森の番人は五人分の声を出しながら一人でずっと歌い続けた。軽く唇を開いて腹話術でもしているかのようだった。高い天井からこだましてくる歌声にみんなは吐き気を感じた。

それでも熱々の火炉の勝負ではどうしようもないだろうと人々は予想した。もし宙に浮きでもしたらいけないと人々は森の番人の足を熱せられている石の上にくっつけさせた。たちまち肉の焼ける匂いがあたりに充満した。足から煙が出ているのに、森の番人は平然とした顔で火炉の上に立っていた。姫は安全な火炉の中でいてもたってもいられず、森の番人の足の骨が現れたときには青ざめて火炉から降りてしまった。当の森の番人はむき出しになった骨を興味津々に眺める余裕を見せていた。

「私が負けました。結婚でも何でも好きにしてください。でも、一緒に呪われてしまうはずです。神が怒り、王国は滅びるのでしょう。恐ろしくありませんか？」

姫は敗北を認めた。人々が駆け寄り、森の番人の足を布で巻こうとしたが、森の番人は断った。

「神など少しも怖くない。いつかはみんな死んで、忘れ去られるだろう。王国はそもそも己の知ったことじゃない」

その言葉に、武器を手に取った者もいた。王と王妃が騒ぎを落ち着かせようとしたが無理だった。森の番人が姫を引き寄せ、骨がむき出しになった足でスタスタと歩き出した。姫は最愛の両親の眉にそっと口づけをして、森の番人に引っ張られるままに足を運んだ。怒りに身を震わせる人々が駆けつける直前に、森の番人はその異質な目をしっかり開けて姫に口づけをした。姫は勝負に勝った相手の唇を素直に受け入れた。

その次の瞬間に、二人は消えてしまった。物語の外へと歩き出していったのだ。

預言者たちは「物語」自体が姫を連れ去ったのだと言った。要塞の人々は大きな衝撃を受けた。物語があれほど暗い顔をして、自分の足で歩き回れる存在だと、それまで誰も知らなかったからだ。預言者たちはまた、姫は死んでおらず、ただ「外」のどこかにいるのだろうと言った。切実な心を集めれば、強靱な姫が邪悪な物語を殺して帰ってくるに違いないと。

王と王妃の死が近づくと、要塞の人たちは「姫帰還準備会」を立ち上げた。姫の次に王位継承権を持っている誰一人も、王座に就くことはできなかった。要塞のみんなが一丸となって拒んだのだ。

「私たちの望みは、他の誰でもなく姫だけです。姫がお戻りになる日まで、用意して待つつもりです」

驚くことに、準備会は七十年以上も本来の目的どおりに存続した。当時の平均寿命で言うと、姫は年老いて死んでいてもおかしくなかった。準備会の構成員が、五世代にわたって引き継がれ、姫の歌を覚えている人が誰一人いなくなってからも、要塞の人たちはかたくなに姫を待った。物語の外の世界では、時間の流れが違うこともあり、いつもと変わらない様子で帰ってくることもあるかもしれないと信じていた。夢が消えてしまった後に生まれた子どもたちは、ときどきこんがらがってもいた。神でも、悪魔でも、妖精でも、怪物でも、盗賊でもなく、物語がかの有名な姫を連れて去ったと。どこでも聞いたことのないような話だったのだ。

姫がもはや要塞に帰ってこないと誰もが気づいたあとも、人々がそのことを口にすることはなかった。王国が徐々に解体され、準備会がそのまま集権体制になってからも、姫の名前をそのまま用いた。周りのどんな国よりも民主的な国だった。要塞は軍事的目的を失ったうえに、敗北した王子たちから引き渡された土地は豊饒で、手間がかかる堅果の採集や危険な鉱山の運営を続ける必要がなくなった。

ようやく人々は、昔の予言を嚙みしめてみた。永遠に消えるものは、要塞ではなく、王国だったんだ。姫の呪いは実際に効いていたんだ。

人々はいつよりも姫を深く愛し、永遠に戻ってこないことを願った。


帰り道に、ジェファはこの街のものすべてが自分を襲ってくるかもしれないという感覚に苦しんだ。地下鉄の入り口付近で栗を売っているおばあさんの皮むきが凶器に見えるほどだった。登山客が手にしている杖の先が鋭くて危険そうに見えた。路地裏でうろちょろしている十代の不安定な表情と隠し切れない攻撃性にもうんざりした。家の近くまでたどり着いた時には、ギプスをして松葉杖をついている男に後をつけられている気がして、急ぎ足になった。男が映画の中のように突然両足で歩き出して、松葉杖で殴りつけてくるかもしれない。一人暮らしの女性が、百メートルを歩くことが、どれだけ疲れることなのか、異なる状況にいる人間にはわかりっこないことだろう。

急いでドアを閉め、三重にロックをかけた時だった。

「会いたかった」

妙に慣れている手が、なじんだ匂いが、ジェファの口をふさいだ。ひざから体が崩れ落ちるような感じがしたが、振り向くことはできなかった。呪いをかけられたわけでもないのに、物語ではなく人生の外へと歩き出そうとしているようだった。

ヨンギ
誰も死なない話を書いたら？

ヨンギは慌ただしく、道路の端から排水口を探した。吐き気を催したのだ。警備担当なのに、なぜか営業までしなくてはならない妙な雰囲気になり、訪問先の加盟店で爆弾酒をむりやり飲まされてしまった。難しい相手からもらった難しい酒は、しつこく逆流してくるものだ。排水口、排水口、排水口……ついに見つかった。

勢いよく吐き戻していると、近くで駐車をしている人たちの会話が聞こえてきた。

「人がいるよ、人だよ」

周りを確認していた一人が、「人」を二回も強調して言った。まるでヨンギが人間に見えないとでも言っているかのように。後ろに気をつけろという意味でしかなかったのだろうけれど、ヨンギは妙に気分を害した。金曜日の夜の繁華街でゲロを吐いているからといって、人間でないわけではない。体に文字が浮かび上がるからといって、人間でないわけではない。思いもよらなかったおかしな理由で彼女に振られたからといって、人間でないわけではないのだ。ヨンギは何よりも人間らしい姿勢でまっすぐに立ち上がった。残りの勤務時間を計算し、服に嘔吐物《おうとぶつ》がついていないかをチェックした。クリア。

気を取り直そうとして少し歩くと、公園が見えた。商店街と商店街の間にある小さな公園だった。きれいに手入れされている芝生には、「高圧線注意」と書かれた看板が立っていた。まさに今の俺の状況だろう。何もないように見えても、その下に何かぞっとするようなものが流れているんだから。ヨンギはまたもや気分が悪くなりそうだった。

とにかく明日には、ジェファに会う。ソニの結婚式の日だから。

ヨンギはジェファに会うために、彼女の書いたすべての作品に目を通しておいた。どの作品からも、ヨンギの体に現れた文章を見つけることができた。突拍子もない内容が、脈絡を取り戻していった。小説とは縁のないヨンギだったが、それぞれのキャラクターが自分に似ていることは認めざるを得なかった。しかも龍が出てくる話では実名での登場じゃないか。ったく……。未熟だった昔の自分が、ジェファを見放した時のひやりとした気持ちが蘇ってきた。あの別れってこんなにも長く噛みしめるべきものだったろうか。それに、俺ってこんなに悪いヤツだったっけ？　うーん、別に悪く描かれているわけじゃない気がするけど……。ジェファに会って、どんな表情を見せることになるだろうか。ジェファはまた、どんな表情を見せるだろうか。ヨンギはゆっくりと文章をひとつひとつ確認しながら小説を読み進めた。ウェブジンに掲載されているものにも丁寧に目を通した。直近に現れた文章は、肋骨の間にある〈初恋の少年は、毒蛇に嚙まれて死んだ〉だったので、残りはあと一作品だけになった。これは短編小説と言えばいいか、童話と言えばいいかわからない中途半端な話で、羊飼いの青年に恋に落ちた羊駱駝《アルパカ》が主人公だった。羊駱駝はかわいそうに、羊飼いに愛されたくて必死に毛を伸ばしている。一生懸命草を食べ、良質な泉水を教えてもらう。しかも、蜂の巣を食べると毛が長く伸びると聞き、それを試そうとして蜂にめった刺しにされてしまう。しかしそんな羊駱駝の気持ちを知る術のない羊飼いの青年には、ほかに好きな人ができてしまった。絶望した羊駱駝が崖の上から見下ろしていると、羊駱駝を助けようとした羊飼いが逆に足を滑らせて死んでしまうという不思議な結末の話だった。足を滑らせて死ぬだなんて、いったい……。羊飼いの青年が自分なのだろうと思ったヨンギは、あと何回死ねばジェファの気が済むだろうと嘆いてしまった。

ジェファに会ってなんの話をすればいいんだろう。

「俺を何回殺すんだよ」

これじゃあ違う気がする。『伝説の故郷』（KBSで長年放送されたホラー系のドラマ。韓国の民話や伝説を下敷きにした話が多い）に出てくる独身男性《チョンガー》おばけじゃないんだし。

「君さ、もう小説書くのやめたら？　そっちが小説を書くたびに、俺の体に何かが浮かんできて困ってるんだよ」

小説を書くなと言えるほどの関係でもない。

「俺が君をそんなに傷つけたっけ？　話の中で誰かを殺すたびに、俺のことを思い浮かべてるわけ？　でもそんな君だって最低だったろ？」

ソニさんの結婚式でケンカになってはいけないからこれもパス。

「君が幸せになってほしい。それで誰も死なない話を書くようになって、俺の体にも文字が現れなくなるといいなと願ってる」

本音ではあるけれど、自分の口で言うのは恥ずかしかった。

式場のビュッフェで料理をかき込んでやろうと思ったのに、朝からずっと胃の調子が悪かった。電車で乗り物酔いするとは。

それでも新婦控え室の前ではいい表情をつくろうと必死になった。

「ソニさん……」

「ジェファは？」

「何なんだよ、俺の顔を見てすぐに……。なんで俺にアイツのことを聞く？」

「二時間前に手伝いに来てくれるって言ってたのに、連絡がつかないのよ」

「インフルエンザにかかったとか？　体調を崩してるんじゃないの？」

「倒れて死ぬほど調子が悪いわけじゃなかったら、ここまで来てから倒れるはずだよ」

「まあ知らないけど、何か事情があるんだろ。式がはじまる時間に合わせてくるんじゃない？」

「事情があったら連絡すると思うけど。約束を破るような子じゃないから。やっぱり変だよ。ちょっと捜してみてくれる？　交通事故にでも遭ってたらどうしよう」

「他の人に頼んでくれよ。俺が捜すのもちょっと変だろ」

「お願い。あたしの結婚式なんかどうでもいいから、今すぐ行って」

「もう少し待ってみようよ」

「ヨンギ！」

「何もないだろ」

「あんたその仕事しながらいろんなこと見てきたくせに、まだそんなことが言えるわけ？」

「はいはい、今すぐ捜しにいくよ」

ヨンギは複雑な気持ちになった。自然な流れで会ったって不自然だろうに、わざわざ見つけてこいというソニが恨めしかった。どこかでまた変な話を書いているのだろう。俺の全身が文字で覆われるまで書くつもりなんだろうか。ヨンギはぶつぶつ言った。

ジェファに電話をかけた。呼出音が力なげに長々と続いた。ヨンギは自然さをあきらめて、何度も何度もしつこくかけ直したが、ついに電話はつながらなかった。気難しい子だったけど、電話を無視するようなタイプではなかったのに。

ヨンギは式場の前でお客さんを出迎えているソニの新郎に近づいた。

「おめでとうございます」

「あっ、ヨンギさん、ありがとうございます」

「ソニさんをよろしくお願いします。健気だけど、他の人のことを気にしてばかりで、自分のことをほったらかしにしがちですから」

「ちゃんと面倒を見ます」

ヨンギはソニの新郎に握手を求めた。ソニの新郎がヨンギの手を取ろうとした瞬間、ヨンギはその手を引っ込めてしまった。手のひらに文字が浮かんでこようとしていたのだ。

「どうされました？」

ソニの新郎が決まり悪そうに尋ねた。

「手に……」

ヨンギはただゴクリと頭を下げ、そのまま後ろを向いて走り出した。

いけない。

これはいけない。

見せつけるように、まるで見つけてほしいというように、手のひらに現れた文章は

羊駱駝がし

という未完成の文章だった。色もこれまでのような黒ではなく、引っかき傷のような赤色だった。今ちょうど刻まれようとしているから赤色なのか、別の理由があるのかが気になってしかたがなかった。ヨンギは走りながら必死に考えた。元スポーツ選手は、走る時に最も活発に頭が働くものだ。羊駱駝がしんだ？　それとも、しぬ？　どっちであれ、あまりよくない兆候だ。崖の上で〈しりとりをした〉ではないはずだ。

文学のぶの字も知らないけれど、どう見てもあの話で羊駱駝が象徴する人はジェファだった。毛もじゃの羊駱駝。急勾配の坂でもバランスをとることができる羊駱駝。内気で引っ込み思案の羊駱駝。野暮な羊飼いに恋に落ちた羊駱駝。

ジェファのせいで、人生がどれだけ複雑になってしまったかを考えてみた。彼女を失い、職場でもなかなか仕事に集中することができなくなった。うっかり集中力を失うと、刺されてしまう仕事だというのに。一緒にいる間、居ても立っても居られないくらい幸せだったわけでもないのに、どうしてこんなにも離れることができないのだろう。ヨンギは走りながらずっとずっと考えていた。

とにかくまず助けてから問いつめるべきだろう。

ヨンギは走ることをやめて、タクシーに乗り込んだ。タクシーは自分が走るよりもずいぶん遅い気がした。

ジェファ
最後のキスを更新すべきだった

この麻痺《まひ》の感覚を知っている。

いつかまさにこんな感じで体が固まったことがある。いつだったっけ。ひどい金縛りに遭ったことが、すでに何度もあるんだけど。

男がいる。

誰かが家に入ってきてるんだよね？　それも私が眠ってる間に。

ジェファは背中を見せている男が誰か思い出そうと必死に考えた。もしかしてスンジュさん？　ゲラの戻しが遅れたせいで、ここまで駆けつけてきたのだろうか。いや、でも、スンジュさんは玄関のパスワードを知らない。自分で家に上がらせておいて、そのまま寝落ちてるとか？　お客さんが来ているのに寝てしまったと？　いや、そんなはずはない。そこまで仲がいいわけではないのに。スンジュさんよりはほっそりしているし。もしかして、ヒョンジュン？　お母さんが大根の葉キムチ《ヨルム》を送ると言ってたけど、ヒョンジュンに運ばせたのかもしれない。それなら電話でもしてくれればよかったのに。いまだ打ち解けていないいとこに、こんな汚い家を見せたくないいんだけど。

しかし、家の中があまりにも綺麗すぎる。

いや、それより家がどうして左右対称になってるんだろう。これって夢？　このごろ『鏡の国のアリス』の注釈版を読み直しているから、こんな夢を見てるわけ？　これが夢なら、あれはヨンギかもしれない。一度も会ったことがない、小柄だった頃のヨンギなのかも。まだケガをしたことがなくて、怖じ気づいたり立ち去ってしまったりしないヨンギ。

口の中が渇く。夢なのに口が渇くだなんて。舌が空気中に投げ出されたビーフジャーキーのようだった。

「……ギ」

男には聞こえなかったようだ。ジェファは何とか唾を飲みこんだ。

「ヨンギ」

男が振り返る。

ヨンギではなかった。

その瞬間、麻痺した感覚がすうっと遠のいていった。

背中にひどい痛みを感じた。ジェファが横たわっている場所は、マットレスではなく床の上だった。ツルツルとして気になるものは、分厚いビニールのようだった。歯科衛生士はひざをついたまま近寄ると、ラテックス手袋をした手でジェファの唇を巻き上げ、八重歯を触った。

「これが見たかったんです」

返事をすることができなかった。どうしてこの人がこの部屋に？　なんのためにこんな真似をしてるの？　この慣れた感じの麻酔は、歯医者のものだったようだ。

ジェファは目だけを動かして部屋の様子を確認した。自分の家と同じような構造なのに、左右が反対だ。家具は一つも見当たらず、ピアノだけがぽつんと置いてある。

ピアノ……隣の部屋？　あの散々な曲を弾いていたのが、この歯科衛生士だったわけ？　ジェファの日常をじわじわと侵食していた奇妙な違和感が、すべてこの男から来ているものだったわけ？　ジェファは歯科衛生士の指に嚙みつこうとしたが、体は思うように動いてくれなかった。

「かわいい歯でそんな真似をするのはよしたほうがいいですよ」

男が笑った。依然として何歳かは見当がつかない顔で。

「目を覚ましてくれてうれしいです。作業に取りかかる前に、あいさつしたかったから」

「……作業？」

ジェファがかろうじて訊くと、男がぱっと明るくなった笑顔でペンチを持ち上げた。

「こんな素敵な八重歯を、忘れることができなかったんでね」

「……八重歯だけ？」

八重歯を手放すだけで助かるものなら、いくらでも手放す用意はあった。子どもの頃から何度も抜こうかどうか悩んでいた八重歯なんだし。こんな暴力的な方法を使わなくてもよかっただろうに、何か月も時間をかけてじわじわと狩りをしに来なくてもよかっただろうに、ただ丁寧に聞いてさえくれれば抜いてやってもいいと返事しただろうに。八重歯がジェファの本質を織りなしているわけでもないのに、こんなものなんかで。

しかし、歯科衛生士がピアノの上を視線で示すと、ジェファの期待は無残にも打ちくだかれてしまった。ピアノの上には、歯医者でよく見られる歯の模型が六つも置いてあった。変わったところと言えば、そのすべてに八重歯があるということ。

まさか、あれってすべて本物だろうか。歯の主《あるじ》は、今はどうなってるんだろう。まだ正常の調子を取り戻せていない脳で、ジェファは必死になって考えようとした。

「もう一回、麻酔しますね。そんなに痛くはないと思います」

「……歯だけ？」

どうにか交渉してみるつもりで、ジェファがふたたび質問を投げかけた。かわいくてしかたないというふうに、歯科衛生士がジェファのほっぺをつねった。

「……一日で？」

「ウケる、さっきから何を言ってるの？」

「……一本ずつ？」

「ごめん、忙しいからそれは無理」

ジェファはすでに知っている情報を整理してみた。そもそも生かしておくつもりなら、顔を見せるわけがない。直《じか》に殺さないにしても全部の歯を一気に抜いてしまったら、それだけでも死ぬ確率は高い。ジェファは男に頭突きしようとしたが、すぐに押さえつけられてしまった。男はジェファの手首と足首を縛り上げ、口にタオルを巻きつけると、それから麻酔剤の用意をはじめた。

どうにか抜け出そうとあがいているうちに、手足の縄がさらに食い込んできた。大声を出そうとしても無理だった。ようやく最初の本が出るところだったのに……。これほど典型的なまでにしょうもなく心が壊れている犯罪者にまんまと引っかかるなんて。もちろんあのスンジュさんなら、どうにかこうにかして出版にこぎつけるのだろう。ジェファに襲いかかったおぞましい死を、限りなく文学的な文章でつづった広報資料もつくるだろう。人はそういう話題に目がないから。若くして死んだ女性作家が残した一冊だけの本のことか、好きでないふりして好きでしかたないはずだから。ジェファは死にたくなかった。デビュー作の広告文が、どんなに気持ち悪いやり方で、刺激的につくられるのだろうと考えると耐えられそうになかった。

それに、最後の短編を直すことができなかったのも心残りだった。あの羊駱駝の話をどう直せばいいか、構想がまとまったところだったのに。今の結末のまま羊飼いが死ぬ話ではいけない気がする。羊飼いの恋人が足を踏み外して、その恋人を救おうとした羊駱駝が死んだほうがいい結末になることに気づいたのだ。誰かを殺してこそ、話が終わりを迎える癖も、そろそろ改めるべきだと思ったのに。とんでもなく未熟で、不完全で、ゆがんでいる冗談のようなものをちりばめておいて死ぬだなんて、信じられなかった。

「どうして泣かないの？　泣いてもいいですよ」

歯科衛生士がジェファの顔にかかっている髪の毛をかき上げた。ピアノの上に並べられた歯の主たちは、みんな泣いていたようだ。内側へ涙が流れているのだろうか、とジェファはしばらく目をつぶり、体の内側へと神経を集中してみたが、何も感知することができなかった。ちょっとした後悔が思い浮かぶだけ。最後のキスを書き直せばよかった。ヨンギだったんだろう、ヨンギだったんだろうけど、もっとはっきり書き直せばよかった。

「……泣くもんか」

「ちょっとは気分をよくしてあげますね」

歯科衛生士の鼻を噛みちぎりたかったが、麻酔剤が体へと入ってきた。歯科衛生士はラテックス手袋を外してピアノを弾きはじめた。散り乱れるメロディーが、がらんとした空間を気味悪く埋めつくした。徐々にあごがこわばり、舌が硬くなるのを感じた。唾を飲みこんだが、口の中がひどく異様な感じがする。まるで他人の口蓋と歯茎になったかのようだった。

ジェファがもう一回意識を失う前に、歯科衛生士がふたたび近づき、ジェファの隣に横たわった。何をするつもりなんだろうと怯えたが、十五センチくらい離れたところで天井を見上げているだけだった。ジェファはヨウ素の匂いがする男の息に身震いしながら意識を失ってしまった。

ヨンギ

切断面がきれいじゃないとくっつけられないんだよ

都心はたったの数週間ですっかり様子を変えてしまうが、郊外はわざと保存区域にでも指定しているかのように全然変わらない。ヨンギはジェファの家の周辺が何年か前とそっくりそのままであることに驚いた。

機械で麺をつくるうどん屋の値段は昔と一緒だったし、いつもしなびた果物を売っていた店も潰れてはいなかった。古くなった油の匂いがするフライドチキンの店と、薄すぎるコーヒーを売っていたテイクアウト専門店も……新しくオープンした店は見当たらなかった。

ジェファもそのままだろうか。物語の中の眠っている姫みたいに？　ジェファが変わらずにいるのがいいか、そのままではないほうがいいか、ヨンギは無駄な考えを巡らせていた。妙な指示を受けて元恋人の家に向かいながら、手のひらを何度も見下ろした。文字はまだ赤いままだった。

おんぼろな建物の中から、かすかな漂白剤の匂いがした。それなのに階段には不思議なほどホコリが絡まっている。いつかジェファが階段で大きく転んだことがあった。反射神経の良いヨンギでも助けられないくらいいきなり倒れてしまった。とても痛かっただろうに大きな声を出すことも、なんで助けてくれなかったのかと怒ったり、無茶を言ったりすることもなかった。なぜかいつも泣きそうな顔をしていたのに、泣いているところを見たことはない。視線を泳がせているジェファの顔が目に焼きついている。まともな表情をしながら、実際はなにごとにも注意を払わなかった顔。そういうすべてに距離を感じて、寂しかった。

三〇六号室。ジェファの家の前に立った。ヨンギはチャイムを鳴らすことができずに、しばらく立ちつくしていた。最後にこのドアを開けて出た瞬間が思い出された。半分開いた隙間から後ろを振り返った時、ジェファはまるで外の世界にいるように見えていた。ヨンギは階段の窓から斜めに差し込む日差しで目がまぶしくなった。ジェファはドアと壁が作り出したはっきりとした境界の中に立っていた。あの世に恋人を残して帰ってくる昔話が思い浮かぶほどだった。どうしてもその影の中にジェファを放っておくわけにはいかなくて、心が弱くなった時だった。

「行って」

ひどく枯れた声で、ジェファがヨンギを急き立てた。

「切断面がきれいでないと、もう一度くっつけることができないの」

あの時はあの言葉がひどく冷たく聞こえたものだ。その真逆の切実な意味にとらえることもできただろうに。

「またくっつけると？　俺たちが切断された指だとでも思ってんの？」

ジェファがどんな目をしていたかは思い出せないけれど、口は笑っていた気がする。

チャイムを鳴らしたが、やはり人の気配はなかった。家にいるのかいないのかをまず確認すべきだと思い、もう一度電話をかけてみた。冷たいドアに耳をあてて、家の中で電話が鳴っているかどうか耳をそば立てた。

床かテーブルかに携帯を置いているのか、かすかな振動音が聞こえてきた。ジェファはいつも電話の着信音が鳴らないように設定していた。いきなり電話が鳴ると心臓がバクバクするからと。無音にしておくことも多かったのに、幸い振動にしてあったようだ。ヨンギはほっとした。ただ眠っているのだろうか。昔から睡眠障害だったし。ジェファを起こしてソニに報告すれば済む問題だった。

しかし何かもやもやが残り、ヨンギは玄関を強く叩こうとした手を止めた。願ってもないのに発達してしまったいくつもの直感が、待ったをかけてきたのだ。きれいに解決できないまま撤収してしまえば、出動しなかった場合よりも状況が悪化する。すでに何度も経験済みなわけで……。すっきりしないところをちゃんと理解しようと、ヨンギはすべての感覚を発揮しながら振り返ってみた。方向だ。音がする方向がおかしい。ドアの内側から、つまりジェファの家からする音ではなかった。もう少し遠くから、もう少し横から聞こえてきたのだ。三〇五室？　どうして三〇五号室から？　ヨンギの聴力は極めて正確だった。試合中にも後ろから聞こえてくる音だけで、タックルの方向を見抜くことができた。間違っているはずがない。とまどっている間にも電話からは不在中だという案内が流れてくる。ヨンギは電話をかけ直さなかった。

——ジェファって隣の部屋に引っ越してる？

ソニにメッセージを送ってから携帯を無音に設定した。あせる気持ちで返事を待った。

——ううん、どういうこと？

結婚式がとっくに終わっている時間だったので、ソニから即レスが来た。ヨンギはなんの音も出さないように努めながら下の階へと引き返した。スーツ姿に革靴を履いているから容易ではなかった。ソニがストーカーについての話をしていた。ヨンギは他の誰よりも早く最悪の状況を想定することができた。警棒も、ガス銃も、保護具もない。相手はジェファの電話が鳴ったことで、すでに警戒モードになっているかもしれない。ソニも何度も何度も電話をかけているだろうし……。

玄関ドアはあまりにも厚すぎる。他の経路を見つけなければ。

階段からホコリが舞い上がった。失われた相手をあの世に置き去りにすればいいと何度も催促してくる影のように、放置された心の残りかすのように。ヨンギはくしゃみが出そうな口をふさぎ、決然とマンションを後にした。

置き去りにしない。

今度こそ絶対に置き去りにはしない。

ジェファ
三分二十六秒前だった

「ヨンギって誰ですか？　さっき電話してきたソニは、友だちっぽかったのに。ああ、そうだ……さっき目が覚めた時に、それっぽい名前で僕を呼んでませんでしたっけ？」

鳴りやんだ携帯の画面をのぞきながら、歯科衛生士が訊いた。ジェファはこのちんぷんかんぷんな状況に顔をしかめた。別れてから一度も連絡してこなかったヨンギから今さら電話がかかってきたと？　それもこんなタイミングに？　ポケットやカバンの中から間違って発信されたこともないのに、不思議でたまらなかった。

返事をしろよ、歯科衛生士がジェファの首を強く締めつけたが、ジェファは答えたくなかった。奥歯を六つも失った上に、のどの奥へ血が流れこむせいで苦しくて口を開けたくなかった。

「よく見るとかわいい顔なんだよね」

ジェファの腫れあがった顔を見下ろしながら、歯科衛生士が目を合わせようとした。ジェファは生き残れたなら、死ぬまで「かわいい」という言葉を使わないようにしようと決意した。

「僕以外でちゃんと見てくれた人、いませんよね」

ジェファは歯科衛生士が死ねばいいと思った。心臓麻痺とか動脈瘤《りゅう》の破裂とかで死んでしまえばいいと。倒れながらジェファに覆いかぶさってしまい、発見されるまで耐えなければならなかったとしても、ずっと発見されなかったとしても……。だがそんなことが起こるはずもなく、ジェファはできる限りの抵抗をするつもりで目をそらした。

「手がだるいなあ」

歯科衛生士が肩から腕、腕から指までの筋肉をゆっくりとほぐしていった。ジェファは舌で残されている歯の数を数えてみた。あと二十六本。親知らずを抜かなくて幸いだったのか、不幸だったのか判別がつかない。抜かれた歯は透明なガラス瓶に入っている液体に沈められていた。奥歯がこんなに大きいとは知らなかった。

歯科衛生士が青い口角鈎《こうかくこう》をもう一度ジェファの口に入れると、ペンチを手に持った。

「今日はここまでにしましょうね。続きは明日すればいいし。残りの時間はおしゃべりでもします？　僕、退屈なんでね。エピソードを集めるのも歯の収集の醍醐味だし」

よくある劣等感からはじまったのだろう。妄想などはひとことも聞きたくなかった。麻酔が徐々に切れてきたが、痛がる素振りを見せてはいけない。どうにかしてあの男を油断させなければ、ここから抜け出すことはできない。ジェファは七本目の歯を抜かれながら、瞬きすらするまいと思いを決した。いつも人が死ぬ小説ばかり書いてきたけれど、生き残りたかった。感じて、息をして、食べて、動いて、もはやそれ以上のことを望まない自信がある。アガサ・クリスティーが「生きているだけでも素晴らしい（Just to be alive is a grand thing）」と言っていたが、その言葉がまるで違う意味に聞こえてくる。月曜日になれば会社の同僚たちがジェファを捜してくれるだろうか。それまで耐えられるだろうか。

時間を確認したかったが、どこにも時計が見当らなかった。

ジェファが窓から差し込む日差しを見て時間を推し量ろうとした時だった。外壁から音が響いたのは。カン、カン、カンという音とともに、窓の外が騒がしくなった。通りを行き交う人たちが、何かを叫んでいる。歯科衛生士がペンチを下げて窓のほうへと近づいた。壁に背中をくっつけて、首を伸ばして窓の外をのぞいた時だった。

不透明なすりガラスが割れ、コンクリートブロックが部屋の中に投げこまれた。ガラスの破片がジェファのところまで飛び散ったが、幸いケガはしなかった。

歯科衛生士が隅に身を隠した。窓から人がちらっと見えたかと思ったら、すぐに消えてしまった。隣のビルとは結構な距離があるのに、どのようにぶら下がっていたのかわからない。割れた窓の穴から入ってきた手が当てもなく宙をさまよった。大きな手とスーツの袖が見えた。スーツ？　スーツを着込んで壁をよじ登る怪漢だと？　歯科衛生士には敵がいるようだった。敵の敵を利用する術があるだろうか。ジェファは床に散乱しているガラスの破片でできることがあるか、あるなら手に入れることができるだろうかとあたりを見回した。

外壁がはがれるような音が聞こえ、チャンスがやってきた。

「人が落ちてくる」

窓の外から叫び声が聞こえた。ジェファは歯科衛生士が気を取られている隙をついて、ガラスの破片を一つ手に入れ、元の姿勢に戻った。たちまち不気味な金属の音とともに墜落音が、まぎれもない墜落音が聞こえてきた。スーツの人が地面にどんと落ちてしまったようだ。

「救急車！」

「とりあえずガス管……いまガスをつけないでください。つけたら危険です」

状況把握が素早い誰かが、テキパキと仕切りはじめたようだ。ガス管だったんだ。ジェファは悲しみの蔓《つる》のように外壁をはっていた古いガス管を思い出した。そんな無理のある侵入を試みるなんて。歯科衛生士とどっこいどっこいの敵なのだろうと考えた。

歯科衛生士がジェファのところに戻ってきた。それからさきほど抜こうとした奥歯と、すべてのはじまりだった八重歯をかわるがわる手で触れていた。口角鈎のせいで噛むことができなかった。ジェファは男の頭の中に浮かんでいる考えを見抜くことができた。順番など無視して八重歯をいただくほうがいいか、完璧な作業はできなくなったからこのまま殺してしまうかを悩んでいるに違いない。

サイレンの音が聞こえてきた。幻聴に思えるほど遠くから。

ギリギリまで迷っていた歯科衛生士は、意を決したように立ち上がり、驚いたことに、ピアノをふきはじめた。ふたから鍵盤までひとつひとつ丁寧に。ジェファはガラスの破片で手を縛りつけているロープを切ろうと奮闘した。

歯科衛生士はあちこちの角度からピアノをチェックすると、満足げな表情を浮かべた。

「ちゃんと保管しててくださいね。今度取りにいきますから」

ピアノを保管しとけだなんて、馬鹿げてる。ジェファが混乱しているうちに、歯科衛生士が近寄って顔を近づけた。ヨウ素の味がする男の舌が、ジェファの残っている歯を一本ずつ叩いていった。八重歯は二回。ああ、こっちを保管しとけと？　その時、手の片側のロープが切れた。ジェファは脱力したふりをして蓄えた力を思いっ切り振りしぼり、ガラスの破片で歯科衛生士の首を狙った。

どれほど深く刺さったのか見当がつかず、とにかく歯科衛生士の背中を押しのけるようにして抜け出した。

たちまち背中に壁が当たった。足首まで体をかがめるのは無理そうで、体の向きを変えて横ばいで逃げようとした。歯科衛生士はそんなジェファを見ながら、はじめは笑顔を見せようとした。しかし、首に刺さったガラスが抜けなくて慌てはじめ、ついにパクパクと動かしている口から血の泡が噴き出た。この部屋で血を流しているのが私だけだなんて、不公平だよね。ジェファは相手が崩れ落ちる様子を、息を止めて見守った。歯科衛生士は目を閉じる前に毒気を放つかと思ったら、どんよりとした目をただぼうっと開けているばかりだった。ちっぽけな、あまりにもちっぽけな存在。ジェファはようやく息を吐き出した。

横ばいで玄関の方へと向かいながら、歯が入れられているガラス瓶とピアノの上の模型、ペンチと様々な道具、麻酔剤、用途を思うと背筋が凍るようなのこぎりと大きなビニール袋の束を見渡した。悲鳴をあげたかったけれど、緊張がほぐれてそのまま気を失ってしま

ジェファ
三分二十六秒前だった

った。

救急車とパトカーが到着したのは、みんながジェファを見つけ出す三分二十六秒前だった。

勇気ある者がジェファを得る

ヨンギ

目を開けると、ジェファがそばにいる時もあれば、いない時もある。はじめの頃はジェファもヨンギと同じような入院着を着ていたけれど、先に退院してからは普段着の姿で訪ねてきた。ジェファの青く腫《は》れ上がっていた顔が元に戻ってからも、ヨンギはしばらく退院することができなかった。ガス管がはがれて墜落した時におしりを骨折してしまったのだ。

「いーーってしてみて」

ジェファを見るや、ヨンギが頼んだ。ジェファは鎮痛剤の効用で行き過ぎた親しみを見せてくるヨンギに負担を感じたけれど、いーと口を開いて中を見せてやった。ヨンギが幸い骨折しなかった腕を上げて、ジェファの八重歯に手を触れた。

「ああ、助けるべきものは何とか助けたなあ」

　映画のように見栄えのいいなめらかな救出ではなかった。というより、外から飛んできた石のようなちょっとしたきっかけやらチャンスやらを……つかむのにぴったりなガラスの破片を手渡すことができた、という話に近いけれど、とにかく大きな助けであったことは間違いないので、ジェファはとやかく言わないことにした。

「助けてもらえてうれしいけど、どうするつもりだったの？　あのガス管があんたの重さに耐えられるとでも思ったわけ？」

「ちょっとはいけると思ったんだよ」

　感謝の気持ちを伝えてからは、次の課題として申し訳ない気持ちが残った。

「実は私、小説の中であんたを何度も殺してるの」

「知ってるよ」

「読んだの？」

「うん、全部。なんでびっくりするんだよ。俺も結構な本好きだって」

「悪気はなかった。ただよくあんたのことを考えてて。かなり改変しているから気づかないと思ったのに」

「気づかないわけないだろ。それで、ちょっと確かめたいことがある。君のせいで体じゅうに……」

ヨンギは入院着をまくって体に現れた文字を見せようとしたが、何ひとつして残っていなかった。手のひらにも他の場所にもない。不思議そうに見つめているジェファに何か問いつめることもできず、ヨンギは悔しかった。

「ひざも壊れているのに、おしりまでこれだよ。これから何をして食べていけばいいんだろう」

「私が責任取るから」

「どうやって?」

「こう見えても、私って仕事をかけ持ちでやってるから」

しかし、無駄な心配だった。ヨンギの会社は、ヨンギがストーカーに拉致された女性を救い出したという報道資料を大げさに作成して配り、あらゆる便宜を提供してくれた。徹底して私益を求めているくせに、最大の公益を追求しているかのように見せかけたい会社の目的に、ヨンギの墜落事件はもってこいのネタだったのだ。退院後の体調を考慮して、新入社員研修院に配属されたのはもちろん、社報の表紙モデルになってインタビューも受けなければならなかった。

「昔の家よりはマシだけど」

ソニはまだ納得いかないというような顔で、ジェファの新居を見て回った。

「警備室もあるし、監視カメラもたくさんあるよ。前よりはマシじゃない？」

何か聞きたいことがあるのに聞けないというふうに、もじもじしているソニにジェファから情報を共有してやった。

「まだ昏睡状態だって。関連した他の事件もまだ見つかってないみたい」

「そんなことある？　他の模型が六つもあったんでしょ？」

「毎年の行方不明者数を考えれば……時間がかかるだろうって」

歯医者に残っていた身元確認書類はすべて偽物だったという。ジェファは歯科衛生士の意識が戻ることを祈った。目が覚めて馬鹿げたことをベラベラ喋り、みんなが知るべきことを知らせた後に惨めな一生を送ってほしかった。楽な病院のベッドに横たわっているだなんて、信じられなかった。

「そっと病院に忍び込んで、あいつの歯を抜いちゃおうか？　あんたとあたしとヨンギの三人で一本ずつ、三本抜いちゃう？　それくらいはやっても許されるんじゃない？」

「ほんとにそうしたい」

「なんでダメなのかわからないよ。ヨンギとはどう？　よりを戻すことにしたの？」

「よりを戻したというより……借りをつくったって感じだから」

「どういうこと？　そういう問題じゃないでしょ？　ヨンギはこの間、何だっけ、羊がどうのこうのって変なこと言ってた」

「……羊飼いね」

「知らないけど、ニヤニヤしやがって。つまんないヤツ」

ソニが部屋の真ん中に立ってジェファをぎゅっと抱きしめると、ようやくすべてが元に戻ったような気がした。人生が、物語が続くだろうという確信を抱くことができた。大好きな人たちに囲まれて、ずっと安全に過ごせるだろう。人類は二十万年も進化しながらも、明らかな悪の部分をどうして取り除くことができなかったのだろう。この陳腐な話からどのようにして抜け出すことができるかについて書く人間として、何度も嚙みしめるべき問いだった。


無事に本が刊行されて、一か月で重版された。ジェファはスンジュと次の契約について話すために出版社を訪ねた。

「これ以上売れそうになくてどうしましょう」

「思ったよりは売れたよ。今度は長編を書くよね？　あんな経験をしたら、世界観が変わったりしない？　みんなジェファの話になると、次はどんな話を書くんだろうと興味津々だよ」

「文学界って非情な世界なんですね。死にかけたのに、次作ばかり気にするだなんて」

「スリラー小説を書いてみたらどう？　経験を生かして」

「いつか書くかもしれないけど、今すぐはやめときます」

スンジュがジェファの本を手に取り、パラパラとページをめくった。

「君の話は、男の主人公が死んでこそ面白くなるんだよ。完成度がぐっと上がる」

「あの子はもう死なせませんよ」

「あの子って、あとがきに出てくるYのこと？」

スンジュがあとがきのページを開いた。何人かの名前が並んでいたが、一人だけがイニシャルで記されていた。


いつかここに書いたことを後悔するとしても、Y、私の八重歯はあんたのものだよ。


ジェファはもうとっくに後悔していたが、笑みを見せて認めた。

しかしヨンギはあとがきを読んで、まさかYではじまる別のヤツじゃないだろうなと考えていた。ヨンジュン、ヨンヒ、ユンホ……Yからはじまる名前は限りなく多いから。不思議と、体に浮かんできていた文字がときどき恋しかった。ジェファとつながっているという証拠だったから。

ヨンギはジェファを待ちながら出版社の階段の手すりにもたれかかっていた。閉じていた目を細くそっと開けた時だった。日差しの中へと歩き出てきたジェファが、階段の何段か上からぎこちないキスをしてきたのは。

その特別な八重歯からは甘い味がした。

あとがき

ジェファ先輩とソニさんに、もう一度名前を貸してもらえたことにお礼を申し上げます。本棚を一段開けておいて、本書から並べはじめてくれた読者の皆さんの愛は、いつの時も私の保護膜になってくれました。

小説が滅びる速さは、世界が進んでいく速さとそっくりそのまま一致しているような気がします。もう一度この物語をたどりながら、未熟だった部分を削り落とすことができてうれしい気持ちです。削り落とした部分よりも、新たに加わった部分の大きさがずっと大きくなっていることを望むばかりです。

これからも引き続き、冗談になりたいです。切実な気持ちで、冗談になりたいと思っています。会ったことのない誰かの口の中で、ポッピングシャワーのようにパチパチと弾けたいという気持ちは、ずっと変わっていません。軽さを恐れなかった時にこそ得ることができる重さを推し量りながら、へこたれずに書き続けていきます。

二〇一九年　秋　　チョン・セラン

訳者あとがき

三月、ほぼ四年ぶりに訪れた韓国で道に迷った。地下鉄の出口を間違えたのだが、戻るためには、いったん外に出て長い地下道を通らなければならないという。壊れた照明がチカチカとしている薄暗い地下道。時間は夜八時。人気《ひとけ》はなかった。入り口には、「安全区域　Safety Zone」と書かれた表示板に、非常ベルがついていた。監視カメラで二十四時間録画されているうえに、非常ベルを押せば、警察に電話がつながり、すぐに警察官が駆けつけてくれるとも書いてあった。いや、でも……。二人がぎりぎり通れるくらい狭い道だった。もし何かに襲われたら、逃げ道はない。できれば別の道を通りたいと思い地下鉄に戻ったが、やはりその道を通るしか方法はないようだった。片手にスマホを持って、前後を注視しながら、緊張を緩めずに、急ぎ足で歩いた。頭の中では、女性が地下道で吸血鬼に襲われるチョン・セランの「永遠にLサイズ」(『屋上で会いましょう』所収、拙訳、亜紀書房)を思い浮かべていた。「確かに、こういうところで襲われたら、助からないだろう」と思っているうちに、誰にもすれ違うことなく、外に出ることができた。

それ以来、いろいろなところで非常ベルを見かけた。トイレで盗撮についての注意喚起とともに設置されたものや、ズバリ「女性安心ベル」と名づけられたものもあった。その非常ベルを見るたびに、安心する一方、なぜか複雑な気持ちにもなった。私たちの周りには、こんなにたくさんの危険が潜んでいるのか、と。

チョン・セランの作品には、デビュー当初から「危険にさらされる女性たち」がよく登場する。『地球でハナだけ』（拙訳、亜紀書房）には、一人でお酒を飲んでいた主人公ハナが酔っ払いに絡まれるシーンが、『フィフティ・ピープル』（斎藤真理子訳、亜紀書房）には元カレによって命を落とす女性の話が出てくる。女性をめぐる暴力は、昔からチョン・セランの大事なテーマのひとつだったのだ。

本書『八重歯が見たい（덧니가 보고 싶어）』は『地球にハナだけ』と同じく二〇一九年に韓国の出版社난다《ナンダ》から刊行された改訂版を底本にしている。元版が出たのは、二〇一一年。青少年文学文化雑誌『フッ、』のネットコミュニティーに連載したものを書籍化した。青少年むけのサイトでの連載だったにもかかわらず、「０・０１％も青少年を考慮してはいない」（元版のあとがき）という本書は、背表紙に書かれた「非常にビビッドなロマンス」というフレーズとは大きく異なり、主人公ジェファ

をめぐる殺人未遂事件が話の中心になっている。連載当時のコメント欄には、「あの……恋愛小説とありますが、血みどろの争いばかりで、いつから恋愛小説がはじまるのでしょうか」という感想が寄せられたという。

八重歯にフェティッシュを感じる犯人は、ジェファの歯がほしくて彼女に接近し、事件を起こす。彼の家に六つの歯の模型があったことから余罪が疑われる状況だ。この設定からは、韓国で世間を震撼させた数々の連続殺人事件が連想される。京畿道《キョンギド》華城《ファソン》で女性を強姦《ごうかん》したあと殺したイ・チュンジェ、セックスワーカーの女性を狙ったユ・ヨンチョル、バスを待っている女性を車に乗せて犯行に及んだカン・ホスン、暗い夜道などで主に女性を狙ったチョン・ナムギュ。この四人によって殺された女性の数だけでも五十人を超える。このような事件が本書の直接的な背景ではないにしても、これらの事件により社会に蔓延した恐怖が著者の念頭にはあっただろうと予想できる。

実のところ、本書のタイトルには、女性が日頃から経験する危険や日常的に覚える不安についての著者の思いが込められている。『八重歯が見たい』というタイトルを、読者はジェファを思うヨンギの声だと考えて読み進めるだろうが、本を読み終わった頃には、ジェファの八重歯を手に入れようとする犯人の「これが見たかったんです」という声と八重歯への執着が頭から離れなくなるはずだ。ロマンチックさと恐ろしさを兼ね備えるこのタイトルについて著者に尋ねたところ、「本書がジェファの不安を描くスリラーだったので、そのようなやり方を選びました。ただの不安だろうと思っていたら、本当にストーカーがいたんだ、本能的な危険察知能力をもっと信じていいんだと」と答えてくれた。

しかし、「冗談になりたい」チョン・セランだ。このような厳しい現実を、著者特有の明るい文体でユーモラスに描くのに成功している。「冗談」は、チョン・セランの初期作品のカギとなる言葉だ。元版のあとがきには、「冗談」についてのこういう文章がある。

> 冗談になりたいです。
> 切に、冗談になりたいです。
> 生命力のある話は、結局読む人の日常に染み込んで冗談になるような気がします。
> (中略)
> こうして小説が紙の質量さえ失って、その代わり世紀を超えるエネルギーを

獲得すれば、冗談になるのだろうと思います。見知らぬ時間と空間にまで飛んでいき、出会ったことのない人の口の中でポッピングシャワーのようにパチパチと弾けたいです。物語がそのようにして生き残ることより、驚くべきことが他にあるでしょうか。

ですので、冗談になりたいというのは、挑発というよりは、野望ある抱負だと言えるでしょう。冗談の以上にも、冗談の以下にもなりたくないです。Hではなく、意気込んでFで発音する抱負です。愉快に引用され、引用されるたびに一グラムずつ軽くなって、一行の冗談になる日まで書き続けたいです。軽さを恐れない時に得られる重さがあるということを、毎日、切実に学んでいます。

本書のあとがきに書かれた内容は、当時の抱負を再確認する内容だろう。チョン・セランはSF、ファンタジー、ミステリーといったジャンルの「軽い」小説を書く作家だと認識された当時と違って、今ではその文学性を広く認められているが、著者の中心にあるものは決してブレていない。これが、多くの読者から熱い支持を受ける理由の一つと言える。

本書も改訂版では多くの修正が加えられた。女性の描き方については、『地球でハナだけ』と同様、時代の変化を反映する形で、女性の見た目や体形についての描写などが修正されている。一番大きな変化は、歯科衛生士とジェファの闘いのシーンだ。元版では、ヨンギが助けにきたことで、歯科衛生士が逃走する、という話になっているが、改訂版では、逃げようとする歯科衛生士をジェファが仕留める、という話に変更されている。つまり、男に助けられる女主人公ではなく、男の助けを借りて自分で自分を守る話に変わっているのだ。近年、王子さまを待つだけではないアグレッシブな女の子の話がたくさん生まれているが、本書もその流れに沿っている。

訳者の足りないところを埋めてくださった編集者の斉藤典貴さん、校正者の谷内麻恵さん、いつも翻訳の相談に乗ってくれる、ソニさんのような女先輩《オンニ》たち、小山内園子さん、オ・ヨンアさんに感謝を申し上げます。

二〇二三年夏　　すんみ

著者について　チョン・セラン

1984年ソウル生まれ。編集者として働いた後、2010年に雑誌『ファンタスティック』に「ドリーム、ドリーム、ドリーム」を発表してデビュー。13年『アンダー、サンダー、テンダー』（吉川凪訳、クオン）で第7回チャンビ長編小説賞、17年に『フィフティ・ピープル』（斎藤真理子訳、亜紀書房）で第50回韓国日報文学賞を受賞。純文学、SF、ファンタジー、ホラーなどジャンルを超えて多彩な作品を発表し、幅広い世代から愛され続けている。他の小説作品に『保健室のアン・ウニョン先生』（斎藤真理子訳）、『屋上で会いましょう』（すんみ訳）、『声をあげます』（斎藤真理子訳）、『シソンから、』（斎藤真理子訳）、『地球でハナだけ』（すんみ訳、以上、亜紀書房）などがある。

訳者について　すんみ

翻訳家。早稲田大学文化構想学部卒業、同大学大学院文学研究科修士課程修了。訳書にチョン・セラン『屋上で会いましょう』『地球でハナだけ』（亜紀書房）、キム・グミ『あまりにも真昼の恋愛』（晶文社）、ユン・ウンジュ他『女の子だから、男の子だからをなくす本』（エトセトラブックス）、ウン・ソホル他『5番レーン』（鈴木出版）、キム・サングン『星をつるよる』（パイ インターナショナル）、共訳書にチョ・ナムジュ『彼女の名前は』『私たちが記したもの』（筑摩書房）、イ・ミンギョン『私たちにはことばが必要だ　フェミニストは黙らない』（タバブックス）などがある。

〈チョン・セランの本 06〉

八重歯が見たい

著　者　チョン・セラン
訳　者　すんみ

2023年10月6日　第1版第1刷発行

発行者　株式会社亜紀書房
〒101-0051　東京都千代田区神田神保町1-32
TEL　03-5280-0261
https://www.akishobo.com/

印刷・製本　株式会社トライ　https://www.try-sky.com/

ISBN 978-4-7505-1818-3　C0097